아일린 마일스   Eileen M

미국의 시인이자 소설가다. 컬 _____
명예교수로 글쓰기와 문학을 가르쳤다. 구겐하임펠로우십,
워홀/크리에이티브 창작기금, 현대예술계다 시 부문상 등을
수상했고 퀴어문학의 가장 주요한 상 _____ 文학상을 받았다.
미국문학예술아카데미 회원이 _____

1949년 매사추세츠주에서 태어 _____]인이 되고자
뉴욕행 기차에 올랐다. 미국 퀴 _____ 비트문학의
전설적 시인 앨런 긴즈버그와 교 _____ 의 영향 아래
작품 활동을 시작했다. '목소리 없는 이들에게 목소리를 주기
위한 글'을 쓰고 '지극히 심오한 시간 낭비'로서 전방위 문학
활동을 하면서 일흔 살이 넘은 지금까지도 '이 시대 희귀한 컬트적
존재이자 록스타 시인'으로 불린다.

1992년 미국 대선에 출마하여 화제가 되었는데, 당시 발표한
〈어떤 미국인의 시 An American Poem〉와 성소수자 인권운동가인
조이 레너드가 아일린 마일스를 지지하기 위해 쓴 〈나는 이런
대통령을 원한다 I Want a President〉가 여전히 회자되고 있다. 후자의
시를 타이핑한 작품은 뉴욕 맨해튼의 하이라인 공원에 전시되어
있으며, 2010년 스웨덴 의회에서 극우 정당의 의회 진출을
비판하는 여성 예술가들에 의해 이 시가 낭독된 일이 국내에 널리
알려지기도 했다.

1978년 첫 시집 《목줄의 아이러니 The Irony of the Leash》를
시작으로 대표작인 《나는 아니다 Not Me》 외 14종의 시집을
썼고 《첼시의 소녀들 Chelsea Girls》《인페르노 Inferno》 등 5종의
장편소설과 소설집을 출간했으며 그 외 논픽션, 여행기, 희곡 등
여러 장르의 글쓰기를 반세기 가까이 해왔다.

낭비와 베끼기

아일린 마일스

낭비와 베끼기

**자기만의 현재에 도달하는
글쓰기에 관하여**

송섬별 옮김
김선오 서문

For Now
Eileen Myles

디플롯

차례

서문　　　　불결한 삶을 베껴 쓰기

　　　　　　김선오　　7

낭비와 베끼기　　19

감사의 말　　151

부록　　　　나는 이런 대통령을 원한다

　　　　　　조이 레너드　　153

옮긴이의 말　지금 이곳에 있는 사람만의

　　　　　　지금 이 순간의 감각　　157

일러두기

→ 이 책은 예일대학교에서 제정한 윈덤캠벨문학상의 시상식
  기조연설을 단행본으로 펴내는 시리즈 '나는 왜 쓰는가Why
  I Write'의 세 번째 책《For Now》를 우리말로 옮긴 것이다.
  아일린 마일스는 2019년 9월 17일에 기조연설을 했다.

→ 본문의 각주는 모두 옮긴이 주다.

→ 원저에서 이탤릭체 또는 대문자로 강조된 것은 굵은
  글씨로 표기했다.

→ 성별을 구분하지 않는 대명사 '그' 또는 대상의 고유한
  호칭으로 모든 이를 지칭하도록 번역했다.

→ 단행본, 신문, 잡지는《 》로, 시, 예술작품, 영화, 텔레비전
  방송 프로그램은〈 〉로 표기했다.

불결한 삶을
베껴 쓰기

김선오
시인

11월의 하늘은 무척 넓고 깊습니다. 저는 지금 비행기
좌석에 앉아 이 글을 쓰고 있습니다. 앞좌석 뒤통수에
박혀 있는, 비행기 위치를 실시간으로 알려주는 작은
화면에 의하면 목적지까지는 2887킬로미터가 남았고
출발지로부터 2165킬로미터를 지나왔습니다. 저와 동승한
승객들은 모두 폴란드 국적기에 실려 몸을 구긴 채 러시아
어느 상공에 떠 있는 중입니다. 몇 시간 전에는 구름의
머리 부분을 주황빛으로 엷게 적시는 일몰을 보았습니다.
마침 하늘을 올려다본 누군가의 눈에는 석양을 느리게
뚫고 지나가는 작은 점처럼 보였을 이 비행기의 내부에서
실은 백 명이 넘는 사람들이 자거나 먹거나 하고 있다는

사실이 조금은 기이하게 느껴집니다. 밤이 되어 어둠이 들어찬 창문에는 긴 비행에 지쳐 낡아버린 제 얼굴이 비치고 있고요. 이 임시적이고 예외적인 시공간, 지구에서 가장 빠른 속도로 짐과 몸을 운송하는 이동 수단에 탑승한 채로 아일린 마일스의 이 책에 대한 글을 쓰는 일이 왜인지 합당하게 느껴집니다. 원서 제목인 "For Now"가 호명하는 '현재'가 과거와 미래라는 강력한 인력을 지닌 시간성으로부터 이탈한 임시적인 공간처럼 느껴지기 때문에, 현재라는 것이 계속해서 이동 중이며 끝없이 대체되는 일련의 과정이기 때문에, 그렇기에 가장자리를 위한, 가장자리에 의한 존재들, 고정되어 있지 않기에 자유롭고 격발하는 가능성과 역능을 지닌 이들을 위한 것이라고 이 글이 말하고 있기 때문에 이곳도 저곳도 아닌 허공에서, 좁디좁은 이코노미석에 앉아 무력하게 실려 가고 있는 이 시간과 어울린다는 인상을 주는지도 모르겠습니다.

아일린 마일스에게 이러한 '현재'란 주로 그가 사십이 년째 거주하고 있는 뉴욕의 임대료 안정 아파트를 거처 삼아 출몰했던 모양입니다. "뉴욕은 가난한 이들을 속절없이

밀쳐대며 나아가는 부유한 사람들이 넘쳐나지만,
이 도시는 언어와 존재, 작가로 살아가는 법, 인상印象의
밀도를 비롯해, 이곳에 사는 나를 공격하고, 흥분시키고,
정신을 산란하게 만드는 형상, 정체성, 질감의 기타 등등에
관해 내가 아는 거의 모든 것을 가르쳐주었다"라는
문장에서 알 수 있듯 그가 뉴욕을 떠날 수 없었던 이유는
자명해 보입니다. 노동계급 출신의 퀴어 예술가와 같은
반사회적 존재들의 불결함과 변칙성은 표백된 정상성
자본의 옆자리에서 더욱 역동적으로 가시화되기
마련입니다. 낙차에는 에너지가 있습니다. 시와 예술이 할
수 있는 일은 이러한 낙차를 동력으로 세계에 투신하고,
유희하며, 우리('노동계급 출신의 퀴어 예술가'에 대한 거리
있는 접근처럼 글을 쓰려다가 실수로 우리라고 말해버렸지만
지우지 않겠습니다)를 위한 놀이터를 재창조하는 것입니다.
박탈의 경험은 언제나 공간을 전제로 할 뿐 아니라
공간을 만들어냅니다. 우리(또!)가 대안적인 장소의
발명가들이라는 사실은 언제나 자랑스러운 일입니다.
그러나 사십이 년간 살아온 아파트를 떠나라는 끔찍한
명령에 불복하기 위한 아일린 마일스의 분투는 상징적인
사건으로 느껴집니다. 우리—불결한 이들은 언제나

존재하는 곳으로부터의 이탈을 강요받으며 각자가 서 있는 장소를 지속적인 위협으로부터 사수하기 위해 진이 빠져 있습니다. 그러므로 우리의 서 있음은 그 자체로 하나의 역동적인 움직임입니다. 존재만으로 모종의 위반과 초과를 촉발할 수 있다니 어떤 측면에서는 경제적으로 느껴지기까지 합니다. 아일린 마일스는 이러한 종류의 유별난 역량에 관해 진작부터 잘 알고 있던 작가였습니다.

"나는 다이크 대통령을 원한다I want a dyke for president" 라고 시작하는 〈나는 이런 대통령을 원한다I want a president〉는 퀴어 페미니스트 예술가 조아 레너드가 조지 부시, 빌 클린턴, 로스 페로가 격돌했던 1992년 미국 대통령 선거에서 아일린 마일스의 후보 출마를 지지하기 위해 작성하고 발표한 글입니다. 이 글은 2010년 스웨덴의 여성 예술가들이 극우 정당의 의회 진출을 반대하기 위해 낭독하면서 전파되기 시작했습니다. 2016년 뉴욕 맨해튼의 하이라인 공원에는 타이핑된 전문이 게재되기도 하였습니다.

"나는 다이크 대통령을 원한다. 에이즈에 걸린 대통령을,

패그 부통령을 원하고, 건강보험이 없는 사람, 유독성 폐기물로 포화된 땅에 살아서 백혈병에 걸릴 수밖에 없었던 사람을 원한다. 나는 열여섯 살에 임신 중단한 경험이 있는 대통령을 원한다." 이 강렬한 작품은 국내에도 널리 알려져 있습니다. 동성애자이며, 건강보험이 없고, 에이즈와 백혈병 환자이며, 미성년자 때 이미 낙태를 경험한 삶과 청결하게 검열된 환경을 제공받아 온 삶을 어떻게 같은 평면 위에 놓을 수 있을까요. 제도와 정책은 상상된 삶의 형태에 따라 수립되며 상상은 당연하게도 주체가 살아온 세계를 기반으로 합니다. 그렇기에 조이 레너드는 더 많은 삶을 살아본 사람, 더 많은 위반과 배제를 경험한 적 있는 이를 "원한다"고 선언하는 것이겠지요. 이 글이 지속적으로 호출되고 있는 이유는 작금의 국제 정세가 정확히 반대의 방향으로 흘러가고 있기 때문일 것입니다. 아일린 마일스는 말합니다. "우리에게는 가난한 사람들, 대안적인 사람들, 엉망진창인 사람들이 필요하다. 우리가 그런 사람이건 아니건 간에 말이다. 툭 터놓고 말하자면, 우리한테는 부자보다 그런 사람들이 더 많이 필요하다. 가난한 자들은 삶에 목적을 주니까. 그들이 삶의 목적을 가시화시키니까."

가난한 사람들, 대안적인 사람들, 엉망진창인 사람들은
보통 마찬가지로 가난하고, 대안적이며, 엉망진창인
친구들과 함께 살아갑니다. 그리고 더 쉽게 죽음을
맞이합니다. 배제된 곳에서 타자의 죽음은 빈번하게
경험됩니다. 죽음이 발생한 장소에서 산 자들은 곧은
자세로 서 있을 수 없습니다. 어떤 삶은 살아 있음 자체를
매끄럽게 하기 위해 진행되지만 타자의 죽음은 삶의
지반을 울퉁불퉁하게 만드는 요철입니다. 누군가의
죽음은 살아 있는 사람 역시 한 번 죽게 합니다. 삶 속에서
맞이하는 죽음이지요. 어떤 삶은 죽음들로 울퉁불퉁해진
표면 그 자체일지도 모릅니다. 저는 아일린 마일스가
뉴욕과 샌프란시스코의 벽을 비유 삼아 이러한 삶의
형상을 시각적으로 드러낸 대목을 참 좋아합니다.

    친구 조슬린과 함께 샌프란시스코에 있을 때였다. 그는
내게 아일린, 아파트를 포기하지 말아요, 라고 했다.
조슬린은 뉴욕의 벽들이 엄청나게 울퉁불퉁하다면서
샌프란시스코에 있는 자기 집의 매끈한 벽을
보여주었다. 고치면 되죠. 나는 이틀간 조슬린의 집에
머물렀다. 케빈 킬리언이 죽었다. 그리고 추도식이

있었다. 내 친구들은 죽어가고 있다. 바버라 바그는
지난해 여름에 죽었다. 팀은 1990년에 죽었는데 에이즈
때문이었고 견디기 힘든 일이었다. 나는 매끈한 벽
따위는 원치 않는다고 대답했다. 나는 울퉁불퉁한
벽이 좋다. 나는 과거를 원한다. 내 과거가 아닌 타인의
과거를.

타인의 과거가 내 삶의 형식이 될 수 있을까요. 아마도
직업이 작가라면 가능한 일일 것입니다. 대통령이 되었다면
참 좋았겠지만 아일린 마일스가 여전히 작가로 남아
있다는 사실 역시 독자로서는 여러모로 흡족한데, 자신의
쓰기에 대해 언급하는 그의 문장들 덕분입니다. 그는
대체로 쓰는 사람으로서의 자조와 수치를 유머러스하게
풀어내는 편을 선호하는 것 같지만 가벼운 어투로
이어지는 이 책의 문장들이 높은 곳으로 살짝 떠오르는
순간들은 그가 쓰기에 대해 말할 때인 것 같습니다.
"글쓰기를 하는 것이 내가 하는 생각을 더욱 아름답게
만들기 때문이다." 이를테면 이런 문장이 그렇습니다.
아래는 이 책에서 제가 가장 아름답다고 느꼈던 대목 중
하나입니다.

어린 시절, 크리스마스에 스케치북과 목탄 연필을 받은 기억이 난다. 우리 모두 아버지를 기다리고 있었고, 나는 아버지가 술에 취해 귀가하지 않을 거라 생각했다. 그래서 크리스마스트리를 그렸다. 나는 평소에 그리 세부에 매달리는 사람이 아니지만 그 순간의 흥분과 두려움을 감당하려면 크리스마스트리를 바늘잎 하나하나까지도 전부 베껴 그려서 귀가한 아버지에게 보여줘야겠다는 생각이 들었다. 그날 밤, 그림은 잘 그려지지 않았던 것 같고, 심지어 트리 그림을 완성한 기억도 없지만, 크리스마스트리를 베껴 그렸던 기억, 베끼는 일이 내 마음을 가라앉혀주었고 세상과 관계 맺도록 해주었다는 것은 기억에 남아 있다. 나는 **그것을** 원했다.(…)

왜 글을 쓰느냐고 묻는다면, 내가 세계에 존재하며 느끼는 이 깊은 편안함/불편함, 그리고 전념이라는 선택지와 관련 있을 터다. 내가 온종일 가만히 앉아 베끼기만 한다면 그것이 내게 주어진 최선의 선택지일 것이다. 그건 항우울제도 아니고, 그렇게 짜릿한 일도 아니고, 유산소 운동도 아닌, 그저 일종의 주문을

읊는chanting 행위인데, 나는 종교적인 이유로 그
일을 하고 또 한다. 그러니까 그게 내 기본자세라는
뜻이다.(…)

쓰기와 그리기, 그리기와 쓰기, 베끼고 베끼고 베끼기.
신이여. 신이란 이런 반복에서 발생하는 그 무엇이다. 몇
번이고 되풀이해서 말이다. 나는 그것을 진실로 만들기
위해 그 언어를 사랑해야 한다. 그게 내가 세계와, 또
신과 맺은 계약이다. 신이여.

저항하고, 교란하며, 질병처럼 끝없이 재발하는 삶이
있습니다. 그리고 그 삶을 베껴 쓰는 손이 있습니다.
기호는 언제나 포획할 수 없는 대상을 재현하려 한다는
혐의를 품고 있지만 '쓰기'라는 행위로 시선을 옮겨본다면
그 일은 아일린 마일스의 말처럼 정말이지 종교적이고
수행적인 어떤 것입니다. 모방을 금지당한 삶을 모방하는
형식의 쓰기라면 더욱 그러합니다. 저는 자신의 쓰기를
'베껴 쓰기'라고 주장하는 아일린 마일스의 태도를
무척 신뢰하게 되었습니다. 저의 쓰기 역시 모종의 베껴
쓰기들이었음을 실감하면서요. 그리고 그러한 베껴

쓰기의 실천이 저를 얼마나 보호해왔는지 다시금 떠올려
보았습니다.

비행기는 머지않아 인천공항에 착륙합니다. 사실 이번
비행은 여행이 아니라 이주를 위한 것이었는데, 해외
이주를 스스로 결심했다고 믿었지만(믿고 싶었지만) 사실은
아일린 마일스가 사십이 년간 살아온 아파트에서 내쫓길
뻔했듯이 서울의 어떤 측면이 저를 몰아내기도 했다는
생각이 듭니다. 서울은 복잡하지만 충분히 복잡하지는
않은 것 같습니다. 제가 퀴어라는 사실은 이제 저에게는
거의 진부할 지경인데 삼십이 년 간 살아온 도시에서는
그렇지 않으니까요. 이 불편하고 임시적인 비행기 좌석은
떠남과 쫓겨남 사이의 어딘가에 저를 위치시키고 있는
듯합니다. 하지만 창밖에는 몹시 아름다운 구름이 떠
있습니다. 게다가 한국에는 첫눈이 오고 있나보군요.
눈 덮인 인천공항 활주로가 보입니다. 역시 아름답네요.
이 간극을 언젠가는 베껴 써보고 싶습니다.

낭비와 베끼기

패티 스미스와 칼 오베 크나우스고르의 강연이 담긴
예일대학교출판부의 아름다운 양장본을 받아본 게
작년이었다.° 내 아파트에서 가만 앉아 한 권씩 살펴보니
적어도 책의 시작에서만큼은 두 작가 모두 자신의
목소리를 내는 게 보였고, 그렇다면 나도 할 수 있겠다는
생각이 들었다.

내가 윈덤캠벨문학상 시상식의 기조연설자로 초청받은 게

○   '나는 왜 쓰는가' 시리즈 가운데 패티 스미스의《몰입》과
     칼 오베 크나우스고르의《나는 이래서 쓴다》를 말한다.

아마 재작년 여름인가 그해 봄이었던 것 같은데, 날짜와 강연료를 받고서는 오는 9월이나 10월쯤 멋진 일이 일어나겠다는 생각을 마음속에 새겨두었다. 그러다 8월이 되었고 아무 연락이 없어서 다시 확인해본 후에야 내가 강연하는 해를 착각했다는 걸 알았다. 그리고 든 생각인데, 이 이야기로 시작해도 되겠다 싶었다.

이 일에 대해서는 나중에 또 이야기할 것이다. 2018년에 강연했다면 달랐을 테지만 2019년은, 그렇다, 혼란스러우면서도 이례적으로 아름다운 한 해였다. (끔찍한) 사건들로 가득 차 있었던 데다가 시간 자체도 일종의 시각적 특성optic quality을 띠고 있었다(근사하고도 지독한 볼거리로 가득 차 있었으므로 이를 베끼느라 바쁜 한 해였다. 기억에 남기는 방법이다). 내 목적의 연료가 되는 것은 늘 그런 것들이다. 그 목적이란 글쓰기이며, 또한 그걸 빨리 끝내고 넘어가는 것일 터다. 내게는 알리바이가 필요하기 때문이다.

나는 그저 살아가고 있을 뿐이라는 뚜렷한 느낌이 들지만, 어린 시절을 이행하고자 하는 마음으로 그 시절을

빠져나오던 시기에 일종의 야심을 품은 한편 확고한
계획은 점점 줄어들었다면, 어떻게 그럴 수 있었을까 싶다.

당연하게도 알리바이란 일종의 '다른 곳'을 시사한다.
알리바이는 여러 언어로 번역해도 여전히 알리바이다.
체코어로 알리바이를 뭐라고 할까. 바로 알리바이다.

오랫동안 나는 '중요한 것은 이곳에 존재하는 것, 현재에
있는 것'이라는 개념을 뒷받침하는 온갖 철학으로
무장해왔다. 정말 어려운 일이지만 그럼에도 나는 자꾸만
이곳으로 돌아오고, 그건 부인할 수 없는 진실이며, 그
감정을 베껴올 수 있는 가장 쉬운 방법은 알고 보니
글쓰기였다. 그래서 오랫동안 그 일을 해오고 있다.

나는 이곳에 있고 싶다. 여기에 있다고 생각한다. 그리고
글을 쓰면 쓸수록, 내 글이 읽히면 읽힐수록 그것은
오롯이 하나의 사실이 되어간다. 그렇게 그 일은 대체로
완수되었고 나는 여기에 살고 있는 것이다.

이 강연에 초청받은 것과 관련하여 사사로운 이야기

하나를 더 하자면, 나는 뉴욕의 한 아파트에서 사십이 년째 살고 있고, 그렇기에 내 삶의 어지간한 일들은 바로 이곳에서 일어났다는 것이다. 내 삶, 내 생각, 내 베끼기 말이다. 내가 사는 아파트는 이스트빌리지에 있는 임대료 안정 아파트° 중 한 곳인데, 건물주가 셀 수 없을 정도로 여러 번 바뀌었고 2017년에 지금의 집주인으로 바뀌었다. 임대료가 인상되고 얼마 후 아마도 6월에 새 집주인이 **굳이** 시간을 내어 내게, 정확히는 세입자 모두에게 직접 계약서를 건네겠다고 했다. 위험한 낌새가 밀려왔고 마침내 새 집주인인 일레인 무지는 모든 입주자를 직접 만나 계약서를 건네겠다는 이메일을 보내왔는데, 나는 친절하기도 하다고 생각했다. 그리고 몇 주 뒤 그가 찾아왔다. 보수적이라는 인상을 주는, 나보다 열 살은 어린 게 분명한 여성이었다. 내 집에 들어오자마자 7만 5000달러를 줄 테니 나가달라고 했다. 그게 방문자의 권한일까. 나는 피식 웃으며 제안을 거부했지만, 집주인은

○   주택의 안정적 공급과 세입자 보호를 위해 매년 임대료의 인상폭을 규제하는 임대료안정법의 적용을 받는 아파트를 가리킨다. 뉴욕시의 아파트 중 절반 정도가 이 법을 적용받는다.

내가 이 작고 어마어마하게 비싼 아파트에 살면서
텍사스주 마파에 집 한 채를 소유하고 있다는 사실을
알고 있다고 말을 이었다. 그건 불법은 아니고 그저 사실일
뿐이다. 일레인 무지는 그 사실을 안다고 했다.

내가 감시당하고 있구나. 그때 든 생각이었다. 내 직업이
뭐냐고 묻기에 작가라고 답했다. 평소처럼 시인이라 답하지
않은 것이 재미있는 점인데, 시인 쪽이 훨씬 괴팍하게
보이는 데다가 웬만한 사람들은 시인이 무슨 일을 하는지
모르기 때문이다. 그러나 집주인과 대면하던 순간, 나는
수납함 바로 옆에 놓여 있던 갈색 상자에서 꺼낸 두툼한
시집을 한 권 들고 있었고, 심지어 이 책을 한 권 줄까 하는
생각이 언뜻 머릿속을 스쳤는데(동시에 혹시 그 행동에
불쾌할 만한 요소는 없나, 하는 생각도 했고) 그는 우리 둘을,
그러니까 내 책과 나를 완전히 못 본 척하는 눈길로,
미소를 짓더니 텍사스에서 글을 쓰는 쪽이 더 낫지
않겠느냐고 말했다.

인생에서 조언은 늘 예기치 못한 순간에 찾아온다. 세상
모든 것이 선물이라는 철학이 있기도 하다. 차라리 세상

모든 것이 커피라고 한다면 그쪽이 더 진실에 가까울
것이다. 그 철학에 따르자면 집주인 일레인 무지는
선물이다. 내가 강연하는 해를 착각한 것도 선물이다. 물론,
짭짤한 상금을 받을 시인, 작가, 사상가 분들께 드리는
말씀이기도 하다. 도널드와 샌디가 준 이 선물이 실제로
무슨 의미인지는 아무도 모른다. 수상자들이야 곧바로
알겠지만, 달리 생각하면 앞으로 한동안은 그들 역시 모를
것이다.

모든 선물은 수수께끼다. 나는 1970년대 후반에서
1980년대 후반에 이어인°에서 도널드 윈덤∞을 만났다.
그는 팀 드루고스∞∞를 위해 낭독했다. 팀을 아는가?
그는 눈을 꼭 감고 아일린, 여기 와서 도널드 윈덤이 자기
회고록을 낭독하는 걸 꼭 들어봐야 해, 라고 말하는

°   이어인Ear Inn은 1817년에 문을 열어 현재까지 영업하는,
    뉴욕의 술집 중 가장 오래된 곳이다.

∞   미국의 소설가이자 회고록 작가로, 그의 파트너이자
    배우, 출판인이었던 샌디 캠벨과의 친밀한 관계는
    윈덤캠벨문학상의 제정으로 이어졌다.

∞∞ 대중문화와 동성애자 정체성을 작품에 녹여낸 미국의
    시인이다.

사람이었다. 그럴 때면 그는 눈을 감고 반짝 미소를 지었다.
참 멋진 사람이다. 멋진 사람이었다.

하지만 사실 나는 아직도 내게 조언하던 집주인에게서
느꼈던 지극히 따분한 형태의 불교 사상에 대해 생각하는
중이다. 우리가 여기에 대해 진짜 대화를 나누지 못했던
게 무척 아쉬운데, 나는 **정말로** 순수하게 텍사스에서
글을 쓰는 쪽을 더 선호하고, 바로 그 이유로 이스트
3번가의 내 아파트를 떠나지 않을 작정이다. 이곳이야말로
내가 사랑하는 집이고, 사랑스럽게 낡은 내 집이, 역사가
담긴 스토브가, 오래된 개수대가 정말 좋으니까. 옛날
사람들은 지금보다 키가 작았던 걸까, 아니면 집주인들이
세입자를 그렇게 취급할 필요가 있었던 걸까. 말도 안
되는 수납공간이 즐비한 내 집 부엌 바로 아래에는
공동주택박물관°°°°이 있다.

자꾸만 러시아가 연상되는데, 꼭 그렇게 생겨서다.

°°°° 19세기경 이민자들이 살던 건물을 개조해 운영하는 뉴욕의
    생활사 박물관. 실제로 이스트 3번가에 있는 아일린 마일스의
    아파트에서 도보로 약 십오 분 거리 남쪽에 있다.

1990년대 러시아는 반질반질하게 닳은 곳이었다. 거의
색깔만 있는 거나 마찬가지였다. 1995년에 여자 친구와
함께 상트페테르부르크에 있는 렌필름이라는 곳에 갔는데,
그 역사적인 건물 앞 계단이야말로 내 평생 가장 인간적인
계단이었다. 너무나도 부드럽게, 둥글게 닳아 있었다.
그리고 내가 사는 건물, 내가 사는 블록, 그곳에 담긴
흥분감, 이 도시의 그칠 줄 모르는 불결함, 지하철, 세컨드
에비뉴를 둘러싼 모든 것, 뉴욕 지하철 F 노선, 한없이 길게
늘어선 채 자꾸만 바뀌는 군중들, 그리고 뉴욕시의 모든
과거와 현재의 책동들도 마찬가지다. 뉴욕이라는 구성체,
그리고 그것이 내어준 기묘한 약속이자 내재한 안전인
임대료 안정화라는 엄청나게 근사한 사실은 그 무엇보다도
보편적인 시선으로 나를 보았고, 나를 알았고, 그래서 오랜
세월 내 임대료를 대체로 낮게 유지해주었다. 그러니까 내
월세는 정말 낮다. 포르노그래피라고 느껴질 정도로 낮다.
상상해보라.

뉴욕이라는
도시는 내게 임대료 안정화라는
[종신] 지원금을 주었다

실제로 내가 시에 쓴 구절이다. 임대료 안정은 신탁기금과
마찬가지다. 하류 노동계급을 위한 신탁기금인 셈이다.
이곳 뉴욕은 가난한 이들을 속절없이 밀쳐대며 나아가는
부유한 사람들이 넘쳐나지만, 이 도시는 언어와 존재,
작가로 살아가는 법, 인상印象의 밀도를 비롯해, 이곳에
사는 나를 공격하고, 흥분시키고, 정신을 산란하게 만드는
형상, 정체성, 질감의 기타 등등에 관해 내가 아는 거의
모든 것을 가르쳐주었다. 그러나 아직은 그 이야기를
할 때가 아니다. 어쩌면 영영 안 할지도 모르겠다. 내가
진짜 하려는 이야기는 나를 작가로 만들어준 법적이고
정치적인 조건들인데, 그러니까 낮은 월세, 즉 시간이다.
낮은 월세는 시간을 만들어줄 뿐 아니라 시간을 어떻게
활용하는지에도 영향을 미친다.

작가가 되려면 정말 많은 시간이 들고, 그렇기에 시간을
굴릴 줄 알아야 한다. 내 경험은 그랬다. 마치 해변으로
밀려와 죽은 물고기를 굴려대는 개처럼 말이다. 아니면
마구간 속 말의 몸뚱이 아래 똥 무더기에 선 채로 (벌벌
떨며) 경이로움을 느끼는 한 마리 개(내 개)처럼. 똥이
너무 많고, 말이 너무 많아서다. 그러나 시시각각 시간을

낭비하는 것이 전부인 이런 일로 인생을 살아가려 한다면, 대단한 일이다. 나는 시인으로 살아가며 기꺼이 시간을 낭비하기로 했기에 장갑을 던져 도전에 응했고, 그 뒤에는 아무 일도 일어나지 않았으며, 내가 작업하는 장소가 바로 그 무無다.

그 이유는 나중에 이야기하겠다. 나는 문학이 낭비된 시간이며, 좋은 점이라고는 하나도 없다고 생각한다. 문학은 도덕적 프로젝트가 아니라 그저 지극히 심오한 시간 낭비일 뿐이다. 나는 모든 방면에서 그 모험을 샅샅이 탐구했다. 우리 시대의 위대한 모험을.

어쩌면 부자라서, 혹은 부유한 배우자를 발판 삼아 이런 위치에 도달하는 사람도 있을 것이다. 하지만 이들은 가난할 때나 나 같은 상황일 때 주어지는, 극히 작은 몫을 가지고 살아간다는 절박한 강렬함을 느끼지 못할 것이다. 나 같은 상황이란 그저 계급, 역사, 문화 그리고 개인적 차원의 무기력, 두려움, 미루기의 수렴인데, 그렇기에 단순히 살아가는 것이 실행 가능한 지점에 도달하게 되면 더는 다른 데로 떠날 수가 없다. 이런 식으로 살아가는 계급의 일원이기에(나는 부정적 경이로움에 관해 이야기하고 있는 모양이다) 뉴욕만큼 값싼 곳이 어디에 있겠으며, 그 모든 것들이 얼마간 우리의 배경이 되어, 부지불식간에 가난하게 사는 것의 질감을 만끽하게 되는 지경까지 가게 된다. 이 문제를 두고 끝도 없이 농담할 수도 있겠지만, 지금은 그러지 않을 생각이다.

내 아파트는 애처롭다. 이곳은 맹금류의 둥지, 나는 그곳에서 아래를 내려다본다. 여덟 평 아파트 내 침대에서 19세기에 생긴 뉴욕 마블공동묘지를 굽어볼 수 있으니, 그건 한때 젊었던 내가 시간이 흘러 더는 젊지 않을 때까지, 그 세월 내내 해골을 끌어안은 채로 그 연약하고 높은 집에서 읽고, 쓰고, 모든 것을 아주아주 느리게 바라보는 일이었다 하겠다.

아파트에 딸린 침대는 창문 바로 밑에 처박혀 있고 나는 오른편으로 누워서 잠을 잔다. 잠이 오지 않는 날, 잠이 무엇인지 기억나지 않거나 잠이 어떻게 작동하는 것인지를 잊어버린 날이면 나는 그저 창문을 생각한다. 그건 무척이나 고유한 사물이다. 주택을 소유한다는 건 그리 미국적인 일은 아니다. 어떤 장소에 대해 이런 기분을 느낀다는 것 자체가 말이다. 그러나 나는 그런 시절을 살고 있다.

개들은 지구의 자기극에 맞추어 똥을 눈다고 한다. 그러니 어깨나 으쓱할 수밖에.

1985년에 멕시코의 폐허를 찾았다가 인류학 박물관에서 《중앙아메리카, 치아파스와 유카탄 여행에서 일어난 사건들Incidents of Travel in Central America, Chiapas and Yucatan》이라는 책을 쓴 존 L. 스티븐스라는 작가를 알게 되었다. 비슷한 제목의 책들이 여럿이었다. 최초의 여행 작가 중 한 명이었던 스티븐스를 통해 나는 여행 작가로 산다는 것에 매력을 느꼈다. 시간이 흘러 로버트 스미스슨과 그가 쓴 〈유카탄 거울 여행에서 일어난 사건들Incidents of Mirror Travel in the Yucatan〉이라는 기고문도 알게 되었다. 분명 스티븐스에게, 멕시코를 향해 그리고 후기산업시대의 뉴저지 교외 출신이라는 자신의 상황에 대해 그 나름대로 응답한 것일 터다. 사물들을 활용해서 말이다. 스미스슨은 처음에 작가로 출발했으나 결국은 조각가, 개념예술가, 대지예술가에 가까워졌다.
옥외에 크고 작은 작품을 세우고, 그 사진을 찍고, 종종
그 작품을 실내에 설치하기도 했다. 고대 마야 유적에 대한
응답으로 그는 그 안에 조그만 거울들을 달았다. 결국 그는
진짜 시인이었던 것이다. 나는 아주 오랫동안 공동묘지에
들어가볼 수 없었다. 그저 아래를 내려다볼 뿐.

한번은 술에 취해 여자 친구와 함께 담을 타고 넘어 묘지로
들어가서는 불쑥 솟은 묘석 위에 누워 맥주를 마시며 별을
바라보기도 했다.

마블공동묘지는 2010년부터 5월에서 10월까지 매달
첫째 주 일요일마다 개방하기 시작했다. 여긴 추천할
만한 곳이다. 금속 철문에 역사의 흔적이 새겨진 명판이
마술처럼 생겨난 뒤에야 나는 존 L. 스티븐스의 유해가
그곳에 있다는 것을 알았다. 그것도 삼십 년 전부터 내 집
창문 바로 아래에 묻혀 있었다는 것을. 그리고 작년에야
침대에 누운 채 온기를 느끼며 배 위에 올려 둔 컴퓨터의
어두운 화면 속에서 텔레비전 드라마 〈빌리언스Billions〉의
액스와 왝스가 그곳에 서 있는 모습을 보았다. 왝스가

장지葬地를 구입했다. 여기 그리고 여기 아닌 어딘가의 뒤틀림은 끝도 없이 넘쳐 난다.

로버트 스미스슨조차도 그 모든 거울이며 기억, 전치轉置°에 이름을 붙였다. 울트라모더니즘이란다. 나 역시 그렇게 할 생각이다. 그것은 처음에는 아무것도 아니다가 펼치면 커지는, 작게 접힌 문학이다.

모든 사람이 예술가가 될 만한 환경에서 어린 시절을 보냈을까 하는 궁금증이 든다. 어린 시절이란 어떻게 보면 근원적인 작업실이다. 때로 예술을 창조하고 학교에 있는 사람들이 글을 쓰도록 독려하는 시간이자 공간이다.

모두가 글쓰기를 좋아하는 건 아니다. 나야 좋아했지만, 그렇다고 그게 무슨 큰 의미가 있다고 생각지는 않았다. 작가를 직업으로 삼는다고? 더 큰 세상을 원하지 않는다고?

○   사물을 원래의 장소에서 다른 곳으로 옮김으로써
     낯설게 만드는 현대미술의 한 방법론으로,
     데페이즈망dépaysement으로도 불린다.

이야기가 여기까지 오다니 재밌는 일이다. 나는 다른 생각도 품기는 했지만, 어렸을 때 중요한 건 자신이 처한 조건을 철저히 이해하는 것일 터다. 아이는 자신이 일할 필요도, 청구서에 적힌 돈을 지불할 필요도 없음을 알고 있고, 모든 것이 새롭기에 어마어마한 해방감을 느낀다. 이 해방감은 글쓰기나 예술 또는 개똥같이 시간을 낭비하며 뒹구는 일처럼 기가 막히게 멋진 자유와 분명 맞닿아 있다.

그러나 한 가지 덧붙여야겠다. 내가 어린 시절에 투사하는, 대략 20대 후반에서 40대 중반까지 광활한 가난 속에서 살며 느낀 낭만이라는 단일한 경험에는 순전한 위험 요소가 담겨 있기는 하나 규탄할 요소는 없었다는 것을. 왜냐하면 계속해서 걷고, 숨 쉬고, 전화를 받기만 한다면 바깥으로 나가 맞닥뜨리는 사람들은 내게 기회와 공간 그리고 더더욱 많은 기회를 열어주었기 때문이다. 돈이 없어 전화가 끊기면 아래층 보데가$^{\infty}$로

∞   스페인어로 와인 가게라는 의미로, 뉴욕 곳곳에 존재하며
     식료품부터 다양한 잡화까지 판매하는 일종의 구멍가게다.

그것은 처음에는 아무것도 아니다가
펼치면 커지는,
작게 접힌 문학이다.

내려가 존 애시버리에게 전화해 긴급지원금 대상자에
나를 올려달라고 부탁했다. 나한테는 그만한 자격이
있었고(내가 그 지원금의 존재를 **알았다는** 말이다) 좋은 시도
몇 편 썼으니까. 나는 지금 이 자리에 서 있지만, 뉴욕의
내 아파트에 사는 이웃 중 어떤 이들은 다른 나라, 다른
대륙 또는 다른 영토(우리 식민지 말이다!)에서 왔다.
푸에르토리코 출신도 있었다. 내 옆집에는 여섯 식구가
살았는데 그 집 아이는 이제 다 큰 남자가 되어 이 블록을,
사실은 이 건물을 거의 떠나지 않는다. 스티브라는 친구다.
또 3층에 사는, 내가 좋아하는 한 여자는 수년간 쿵쿵
계단을 오르며 식료품을 날라댔다. 남아메리카 출신에
내 또래인 것 같은 그 여자는 아들이 수술받아야 해서
미국으로 왔다(이제 우리 정부는 그런 아이들을 병원에서
쫓아내고 나라 밖으로 추방하고 있지만). 대학에 가서 캠프
지도자가 된 그 여자의 아들은 어느 캠프에서 무슨
사고를 치고 진짜 감옥에 갔다가 전보다 덩치가 더 커져
돌아와서는(감방 덩치라고 해야겠다) 캠프에 참가했던
이들에게 이메일을 몇 통 썼다. 어쩌면 그 친구가 실제 죄를
저질렀을지도 모르지만, 난 그게 그의 피부가 갈색이기
때문이라고 생각하고, 그의 어머니는 아들을 위해 평생을

바쳤으니, 난 그 정도 고생을 겪지 않고 살고 있음을
인정해야겠다.

나는 내가 해야 한다고 생각한 만큼, 할 수 있다고 생각한
만큼 완전히 시간을 낭비했다. 그 낭비는 어떤 틀 같은 것,
상 같은 것이었다. 성취였다. 문학은 당연히 낭비다. 그러나
상이란 그저 시간 그 자체였다.

세상에는 다른 직업이 있는 작가들도 있다. 어쩌면
자식이 있어서 한 시간이라도 글을 쓰려면 새벽에
일어나야 하는 작가도 있겠지만 나는 아니다. 퀴어
정체성이 하나의 요인이다. 어린 시절부터 약간
사기꾼이었던 것이다. 그러다 시간이 흘렀고 그 모든
시간을 되돌리고 싶어졌다.

내게도 시간이 얼마 없었더라면(글 쓸 시간이 없어서 아침
일찍 일어나는 사람들처럼) 내가 무슨 말을 했을지 모르겠다.
이런 사람들은 대부분 여성이다. 나는 아이를 원하지
않았고, 직업도 원하지 않았다. 두 가지 중 하나라도
있었더라면, 종일 그 생각만 했을 테니. 아이 또는 직업에

맞춰진 시간을, 그것의 아동기와 청소년기를, 그것에 따르는 책임들 안에서 살았을 것이다. 여성들은 다리를 벌리고 선 채 그 사이로 시간을 흘려보내리라는 기대 속에 사는 것 같다. 선택이란 결국 그런 것이라는 생각이 든다. 남성이 여성의 몸속에 정자를 집어넣기로 마음먹는다면 정자는 그 속에 반드시 머물러 있어야 한다. 마치 여성이 밀폐용기라도 되는 것처럼 말이다. 문제는 여성 역시 투명 인간은 아니라는 것이다. 또 세상에는 아이를 갖고 싶어 하는 여성들이 있고, 나는 그런 선택을 한 여성들에게 경이로움을 느낀다. 실은, 요 얼마간 여성들의 너그러움에 대한 생각이 머리를 떠나지 않았다.

7월에 나는 페리에 올랐다. 정확히는, 페리에 오르려다 발을 헛디뎌 넘어진 뒤에야 간신히 탔다. 그런데 정말 신기했던 일은, 선상 카페에서 피가 철철 나는 손으로 멍든 자리에 기세등등하게 반창고를 붙이고 있노라니 어느 여성이 나를 보고는 배에 구급상자가 마련되어 있다고 알려주었다. 아, 반창고는 있어요, 내가 대답하자 그쪽에서 알아요, 그래도 혹시나 모자랄까봐 말씀드렸어요, 라고 했다. 나는 고마워요, 라고 답했다. 그 사람이 내게서 눈길을 거두지 않는 게 기분 나쁘지 않았다. 잠시 후, 정말로 이부프로펜을 먹어야겠다는 생각이 들어서 혹시 가지고 있느냐고 물었더니 없다는 답이 돌아왔다. 그래도 그 사람은 진심으로 내 상태를 살폈다. 그때 바로 근처에 있던 다른 여성이 있어요, 하더니 가방 안을 들쑤시기 시작했는데, 그러자 앞서의 여성이 잠깐만 저한테 있어요, 있어요, 있다니까요, 하더니 만족스럽다는 듯 이부프로펜 두 알을 건네주었다. 다른 여성도 자기 가방을 툭툭 두드리더니 저한테도 있으니 더 필요하면 말씀하세요, 라고 했다.

나는 괜찮다고 말한 뒤 자리에 앉았는데, 조금 아프기는 했지만 누군가가 나를 바라보고 있다는 기분은 끝내줬다. 이 여성들은 살면서 남을 살피고 돌보는 것 말고도 무슨 일이든 할 수 있었을 텐데. 그럼에도 이런 습관이 깊이 몸에 배어 있고, 다들 이를 당연하게 생각하며, 심지어 이 때문에 여성들은 다소 업신여김당하기도 한다. 남성들은 당연히 그러고, 여성들도 그런다. 여성이란 낮은 젠더이지만 나는 온 세상 사람들, 그중에서도 여성들이 크고 작은 방식으로 돌봄을 수행하는 것이 얼마나 대단한가를 새로운 관점으로 보게 되었다. 그들은 사람들, 주로 아이들을 돌보지만 남성 역시 돌보는데, 남성들은 자기들을 살리는 이런 돌봄 노력을 조금도 대단치 않게 여긴다. 그러나 넘어질 때면, 장담컨대 모든 것은 넘어지지만, 타인이 나를 본다는 단순한 기쁨을 뼈저리게 느끼는 것이다.

나 역시 그런 식으로 자라왔지만 나는 고향에서 도망치다시피 하며 보스턴을, 그리고 나를 그쪽으로 인도할 만한 모든 것을 떠나와 20대를 보냈다. 온 세상의 시간이 다 필요했으니까. 나는 시간을 한번 맛보고 싶었다. 그런 게 존재하는지조차 몰랐으니까. 유럽에 갔지만 그곳에는 없었다. 과거에는 있었을까? 샌프란시스코에도 없었다. 한번 시간을 맛보고 나니 그 밖의 어떤 것도 원치 않게 되었다. 지금 내가 여기서 하는 일이 그것이다. 이를 입증할 유일한 방법은 내가 글쓰기를 시작했다는 것뿐이다. 글쓰기가 내 알리바이다. 몇 가지 일들은 마땅히 사실일 것이다.

나는 강연하는 해를 잘못 알았다. 알리바이를 만들 수

있는 이 강연에 초청받았을 무렵 퇴거 통지를 받았다.
이제 내가 사는 건물에는 층마다 감시카메라가 생겼고,
그들은 나를 강제로 쫓아내기에 충분한 정보를 모았다고
생각했는지 내가 더는 여기 살 수 없다고 주장했다. 그러나
나는 떠나지 않았다.

데이비드라는 변호사를 구했다. 그는 내 사건을 맡으면서
최악의 시나리오라면 일이 년이 걸릴 수도 있다고 했다.
그러면 돈이 얼마 정도 드느냐고 묻자, 그는 나를 대리하는
노동의 대가로 상당하게 느껴지는 액수를 언급했다. 나는
알겠다고, 그만한 가치가 있는 것 같다고 했고 바로 다음
날 이 강연에 초청받았는데, 제시된 강연료가 변호사가
언급한 최대치의 수임료와 같은 숫자였다. 누가 쓴 글에나
나오는 것 같다는 생각이 들었다만, 그게 누구겠나? 분명
나일 테지.

나는 기차 소리에 귀 기울인다. 여기 오게 된 가장 주된
이유가 텍사스주 마파의 기차 소리에 미쳐 있었기
때문이다. 푸른색을 뚫고 요란하게 달리는 그 기차는
뉴욕과는 완전히 다른 에너지를 내뿜는다. 나는

여태까지 일레인 무지가 권한 대로 텍사스에서 글을 쓰며 지내면서도 뉴욕에 있는 척했는데, 기묘한 일이지만 그쪽이 덜 역겹게 느껴져서였다.

베끼기에 대해 조금 더 자세히 이야기할 필요가 있는 것 같다. 나는 지금 유럽에 있고, 그래서 그런 종류의 영어로 글을 쓴다. 어린 시절, 크리스마스에 스케치북과 목탄 연필을 받은 기억이 난다. 우리 모두 아버지를 기다리고 있었고, 나는 아버지가 술에 취해 귀가하지 않을 거라 생각했다. 그래서 크리스마스트리를 그렸다. 나는 평소에 그리 세부에 매달리는 사람이 아니지만 그 순간의 흥분과 두려움을 감당하려면 크리스마스트리를 바늘잎 하나하나까지도 전부 베껴 그려서 귀가한 아버지에게 보여줘야겠다는 생각이 들었다. 그날 밤, 그림은 잘 그려지지 않았던 것 같고 심지어 트리 그림을 완성한 기억도 없지만, 크리스마스트리를 베껴 그렸던 기억, 베끼는 일이 내 마음을 가라앉혀주었고 세상과 관계 맺도록 해주었다는 것은 기억에 남아 있다. 나는 **그것을** 원했다.

고등학교 졸업반일 때 매스아트MassArt°에 가서 면접을
보았고, 아마 시험도 보았던 것 같다. 매스아트 건물 안,
내가 물감 냄새와 무언가를 만드는 사람들의 소음으로
가득한 방에 앉아 있었던 기억이 난다. 어느 방으로
들어가니 가슴을 반쯤 드러낸 여성 모델이 천을 늘어뜨려
씌워놓은 대좌 위에 앉아 있었고 나는 우와, 하고 감탄하며
그를 그렸다. 예술학교에 들어간 건 아니었지만 예술학교
학생들이 하는 일을 하고 싶었다. 그들이 하는 일이
복잡하고 다양하다는 걸 알지만, 나는 그들이 하는 일에는
이 베끼기 행위도 포함된다고 강력히 주장하는 바이다.
어쩌면 붙잡는 행위라고도 할 수 있겠다. 나는 내가 사는
아파트 사진을 찍어 인스타그램에 올리고, 개 사진도
찍는다. 방 안에서 움직이는 추상적인 빛줄기는 베껴야
한다고 명령하는 어떤 감각으로 나를 온통 채운다. 지난
주말 배에 올랐을 때 새로운 노트를 쓰기 시작했고 바다,
해안선을 따라 늘어선 나무들, 드문드문 자리한 집들과
배가 머리 위로 그려내는 구불거리는 선들을 기록하기

○   매사추세츠예술디자인대학Massachusetts College of Art and
     Design의 별칭이다.

시작했다. 그런 일을 하는 동안에는 역겹다는 기분이 들지 않는다. 어쩌면 조금은 드는지도 모르겠지만. 나와 함께 모든 것을 (언어로) 베끼자고 에린을 부추기기도 했는데, 나는 겨냥하고 선택하는 바로 그 일이 세계를 있는 그대로 사랑하는 방식이라 생각한다. 이런 일을 하는 것이 바로 삶이다.

왜 글을 쓰느냐고 묻는다면, 그 답은 내가 세계에 존재하며 느끼는 이 깊은 편안함/불편함, 그리고 전념이라는 선택지와 관련 있을 터다. 내가 온종일 가만히 앉아 베끼기만 한다면 그것이 내게 주어진 최선의 선택지일 것이다. 그건 항우울제도 아니고, 그렇게 짜릿한 일도 아니고, 유산소 운동도 아닌, 그저 일종의 주문을 읊는chanting 행위인데, 나는 종교적인 이유로 그 일을 하고 또 한다. 그러니까 그게 내 기본자세라는 뜻이다.

내가 아주 많이 하는 생각이 있는데, 어린 시절 느꼈던 감정은 하나도 떠오르지 않지만 트리를 그리는 장면 같은 건 남아 있다는 것이다. 그렇기에 역겹지 않은 일 하나를 예로 들자면, 기억에서 쉽게 소환해낼 수 있는 경험을

베끼는 일이다(어쩌면 감정을 담을 수도 있고). 테이프가
서서히 멈추는 동안, 지금 눈앞에 있는 것 중 베낄 만한
동시대적 소재를 집어넣을 수도 있다. 예컨대 내가 녹음된
음악에서 처음으로 기타 프렛에 줄이 부딪히는 소리를
들었던 때, 아니면 누군가가 녹음실에서 태평하게 웃는
소리를 들었을 때 같은 순간은 일종의 요철bump을 만든다.
나는 밥 딜런이라든지 바비 다린 같은 노래하는 이들을
사랑했고, 그들 역시 현재를 노래했다. 그들은 우리에게
이 작은 무언가를 내준다. 나는 나란히 존재하는 이
날것의 자백이 짜릿했는데, 무언가를 사랑하면 결국
그걸 사용하게 된다. 그것이 존재의 경험이라는 신호를
보낸다면, 비록 내 마음속 현재에 있는 것이라 해도 그걸
슬쩍 숨길 것이다. 지금 이곳에 서 있는 경험이 정말로
기묘한 건, 내가 강연 요청을 받은 것이 2018년의 일이었고,
그사이 한 해가 흘렀으며, 나는 내내 **이 순간**에 대해
흐릿하게나마 생각하고 있었지만 그러다가 해를 잘못
알았다는 사실을 깨달았고, 텍사스의 집에 앉아 이 순간을
위한 원고를 쓰고 나서(개 그리고 특이한 날씨가 있는 집에서),
쓴 것을 뉴욕에서 읽어보며 별로군, 하면서도 지어낸
무언가에 대해 말하는 것이 즐겁다는 것이다. 그 속에는

내가 지금 (그때) 앉아 있는 아파트를 머릿속에 지니고
다닌다는 암시가 담겨 있으니까. 요 얼마간 나는 내 아파트
문제 때문에 지옥을 맛보았다.

그곳은 현재가 담긴 보관소이자, 작고 신물 나는 아일린
박물관이기도 하다. 그놈의 명판은 어디 있을까. 그곳은
갑갑한 느낌이 드는 작은 공간이다. 내 생각에는 뜨거운
곳인 것 같다. 아마 그 안에서 섹스할 수도 있을 터. 그곳은
공공장소인 동시에 사적인 장소 같은 불결한 감각이 녹아
있으니까. 그곳은 수도 없이 사용되었다. 나에 의해,
그 전에는 다른 사람들에 의해서.

2018년 이래로 나는 내 아파트의 사진을 찍어댔는데,
내가 이곳을 떠날 것임을 알아차렸기 때문이다. 떠나야
한다. 그러니까 법적으로 떠나야 하는 건 아니지만,
이 부분은 점점 헷갈린다. 우리는 무엇을 소유하고 있나?
나는 당연하게도 여태까지 그토록 오래 내 동네였던
이스트빌리지에서 가장 유명한 시인인 나를 감히 쫓아낼
수 있다고 생각한 그 망할 놈들과 맞서 싸울 작정이었다.
나는 명판을 원하고, 명판의 내용은 다음과 같다.

내 아파트의 바닥은 오래된 고급 목재로 되어 있다.
창밖에는 나무가 한 그루 있고 여름이면 흔들리는
무성한 잎은 숙취로 물든 아침을 가라앉혀주는 커튼
노릇을 하며 늦은 오후면 가닥가닥 스며들어 내 공간을
밝혀주는 빛줄기를 허락한다. 때로 오후에 친구들이
찾아오면 우리는 빨갛고 뜨거운 것들을 마신다.
가을이면 잎이 떨어지고 나는 내 아파트가 푸른색이라
생각하기 시작한다. 모든 것이 두 번 지나간 지금
이곳은 더 따뜻하다. 크리스는 이곳에 살았었다.
두 해 동안. 이제 이곳에는 아일린의 아파트라는 이름의
등장인물이 있고, 그는 내가 기억하지 못하는 그 모든
것을 기억한다.
—《첼시의 소녀들Chelsea Girls》에서

봄, 정확히 5월에 나는 내 살 곳을 지키는 싸움을 시작하려
법원을 찾았다. 법원은 내가 찾아간 것 자체가 마뜩지
않았던지 우리더러 합의를 하란다.

합의라니 참 우스운 단어다. 마치 내가 쭉 사귀던 사람이
있는데 그 사람을 더는 만나지 못하게 된 상황에서

누군가가 나보고 합의해야 한다고 말하는 꼴이지 뭔가. 그게 무슨 뜻인가. 내가 자신에게조차 낯선 나라라는 뜻이다. 내가 다른 이의 나라를 점유하고 있다는 뜻이다. 내가 내 삶을 살고 있기는 한 건가?

이쯤 되자 싸움은 흥미로워졌다. 집주인은 내가 아파트를 떠날 때마다 늘 마파로 간다고 주장했다. 예전에는 임대료 안정 아파트의 세입자는 일 년 중 절반은 자기 집 침대에서 자야 했다. 장소를 실제 사용하지 않고 점유권만 갖고 있는 부자는 있어서는 안 된다는 것이다. 피에타테르pied-à-terre°는 사양한다며. 그런데 사실 피에타테르란 그저 발을 땅에 딛고 있다는 뜻이다. 나는 그 말을 그런 뜻으로 사용한다. 그게 맞지 않은가.

수년 전 구두를 파는 어떤 출장 세일즈맨이 소송에서 이기면서 집주인 측의 계획이 한 번 뒤집힌 모양이다. 세일즈맨은 자신이 집을 떠나 여행하는 것은 업무

° 부유한 이들이 다른 도시에 방문할 때 사용하려고 마련한, 실제 거주지가 아닌 일종의 별장을 뜻한다. 프랑스어 단어의 원뜻은 '땅에 발을 딛다'이다.

때문이며 그로 인해 불이익을 받는 것은 부당하다고
주장했다. 그러니 집을 비우는 것이 일 때문이라는
사실을 입증하면 아파트에 머물 수 있는 것이다. 그런데
감시카메라는 내가 예를 들면 이번 주에 베를린이나
브뤼셀에 간다든지 하면서 집을 들고 나는 것을 전부 보고
있었다. 지금은 여기 뉴헤이븐에 있는데, 집주인은 내가
오로지 마파에만 간다고 주장했고, 만약 그의 말대로 내가
뉴욕보다 마파에 실제로 더 많이 머무른다면 그건 불법이
될 터였다.

나는 핸드폰과 현금인출기 사용 내역을 제출해 뉴욕과
텍사스 외에도 여러 곳에 갔음을 입증했지만 그들은
더 상세한 증빙이 필요하다고 했다. 결국 내가 두 손
들고 포기하자 그들은 내게 돈을 주겠다고 했고, 나는
떠나야겠다고 생각했다.

합의금 액수를 묻기에 큰 금액을 불렀더니 그들은 답으로
훨씬 적은 금액을 제시했다. 콧방귀를 뀌며 무시했지만
집으로 돌아오자 아, 하는 생각이 들었다. 집 안의 조명과
온갖 책들을 둘러보았다. 다시 여기군. 또다시, 또다시,

또다시 여기야. 그래서 변호사 데이비드를 통해 집주인에게
떠나겠다는 의사를 전했다.

여름 내내 나는 떠나고 있었다. 아마도 뉴욕에서 가장
아름다운 창문일 내 집 창가의 나뭇잎이 흔들렸다.
계단을 오르는 보잘것없는 발소리 하나하나, 벽에 간 금
하나하나를 나는 내내 떠나고 있었다. 친구 조슬린과 함께
샌프란시스코에 있을 때였다. 그는 내게 아일린, 아파트를
포기하지 말아요, 라고 했다. 조슬린은 뉴욕의 벽들이
엄청나게 울퉁불퉁하다면서 샌프란시스코에 있는 자기
집의 매끈한 벽을 보여주었다. 고치면 되죠. 나는 이틀간
조슬린의 집에 머물렀다. 케빈 킬리언°이 죽었다. 그리고
추도식이 있었다.

내 친구들은 죽어가고 있다. 바버라 바그∞는 지난해
여름에 죽었다. 팀은 1990년에 죽었는데 에이즈

°   LGBTQ 문학에 헌신한 미국의 시인이자 소설가, 편집자,
     극작가다. 2019년 암으로 사망했다.
∞   1970년대부터 1990년대까지 뉴욕 기반으로 활발히
     활동했던 미국의 시인이자 음악가다.

때문이었고 견디기 힘든 일이었다.

나는 매끈한 벽 따위는 원치 않는다고 대답했다. 나는
울퉁불퉁한 벽이 좋다. 나는 과거를 원한다. 내 과거가
아닌 타인의 과거를. 나는 이미 이스트할렘으로
이사하기로 마음먹었고, 그곳을 잠깐 돌아다녀 보니
아는 사람이라고는 아무도 없었다. 그래서 여기 아니면
차이나타운에 살아야겠다고 마음먹었다. 차이나타운에
보러 간 아파트는 아주 멋진 거리에 있었고, 건물도 멋졌고,
부엌도 멋졌고, 욕실도 그랬지만, 거실로 나가자마자
끝이었다. 창문이 모두 다른 건물을 면해 나 있어서 빛이
들기는 했지만 희미했고 근처로 열차가 지나갈 때면 건물이
뒤흔들렸다.

차이나타운에 있는 온갖 아파트와 내가 인터넷에서
사진으로 본 아파트들은 내가 지금 살고 있는 곳을 각기
다른 모습으로 좀 더 괜찮아 보이도록 치장해둔 것에
지나지 않았다. 슬픈 일이었다. 그자들은 우리의 작은
아파트들을 모조리 망쳐놓고 이제는 그 범죄의 대가로
3500달러를 요구했다. 그래서 나는 일이 년간 큰 집에

살면서 돈 낭비나 하기로 마음먹었다.

하지만 그건 옳지 않은 일처럼 느껴졌다. 그때, 올여름 집을
찾느라 맥도웰에서 머물 때 아쉽게 만나지 못했던 맥스가
새라와 함께 살던 브루클린의 큰 아파트를 비운다는
소식을 알려주었다. 브루클린은 선택지로 생각지 않았는데.

그러던 어느 날, 집주인의 서류가 도착했다. 빈칸에
서명만 하면 끝나는 일이었는데, 서명하려는 순간에도
점점 미쳐버릴 것만 같았다. 내가 내 집을 떠난다니.
누군가의 강압에 의한 것일까. 이제 내 변호사가 아니라
심리치료사가 된 데이비드는 내가 나 자신의 심리를
조종하는 거라고 말했다.

맥스는 계약하기로 한 사람이 계약을 물렀다며, 혹시 자기
집에 관심이 있느냐고 물어왔다. 나는 오 분간 걸으며
생각한 끝에 관심 있다고 대답했다. 맥스의 아파트는
엄청나게 컸고, 모든 방이 어두운색 소머빌 목재 몰딩이며
문짝으로 마감되어 있었고, 문손잡이는 크리스털에다가
천장 조명은 꽃받침을 닮았다. 나와 딱 어울리는 집은

아니었지만 정말 컸기에 일흔 살 생일파티는 이 집에서
하면 되겠다는 생각이 들었다. 쉰 살 생일파티는
타임스스퀘어의 어느 로프트에서 치렀는데. 아, 이런
상황을 더 자세히 이야기하면 내 아파트가 더 위험에
처할 것 같다. 아무튼 나는 이 집을 택하겠다고 말했다.
크라운하이츠Crown Heights라고? 안 될 게 뭐야. 장미셸
바스키아가 떠올랐다. 그런 종류의 왕관crown 같은 것이.

쓰기와 그리기, 그리기와 쓰기, 베끼고 베끼고 베끼기.
신이여. 신이란 이런 반복에서 발생하는 그 무엇이다.
몇 번이고 되풀이해서 말이다. 나는 그것을 진실로 만들기
위해 그 언어를 사랑해야 한다. 그게 내가 세계와, 또 신과
맺은 계약이다. 신이여.

일주일 뒤, 더는 계약을 미룰 수 없는 때가 오자 맥스와
새라는 자기 아파트에 한 시간 정도 머물러보며 영적인
이끌림이 느껴지는지 확인해보라고 권했다. 나는 내 집을
떠나야 하는 걸까. 사람들이 거대한 건물 철거용 철구를
끌고 다가오는 모습을 상상했다. 내 가죽을 벗기는 상상도.
바닥에 앉아 보았다. 기다란 나무 복도를 돌아다녀보기도

했다. 거대한 아파트 한쪽 끝, 초록 나무를 가져다둔 새라의 작업실에서 일을 할 수 있을 것 같았다. 집에 오는 지하철 안에서 그렇게 나쁘지 않다고 생각했고, 곧바로 심리치료를 받으러 가서 공황 상태가 되고 말았다. 심리치료사가 잘한 걸까?

다음 날 아침, 나는 변호사 데이비드에게 연락해 집에 남겠다고 했다. 알았다고 그는 소탈한 목소리로 대답했다. 저쪽이 뭐라고 하는지 들어보자면서.

나는 내 삶의 이 영역, 내가 글쓰기를 시작한 집에서 해온 활동들을 생각했다. 비록 이 집은 아니고, 그 전에 살던 곳, 여태 언급하지 않았던 소호의 톰프슨가에 있는 아파트였지만, 그 집은 살면서 내가 처음으로 정말 혼자였던 곳인 것 같다. 그러니까 혼자인 게 나를 미치게 하지 않았던 곳이라는 의미다. 그건 샌프란시스코에 살던 시절 일이었고, 아무튼 뉴욕 3번가의 이 아파트에는 영혼이 깃들어 있었다. 창밖은 정글이, 나아가 신화가 있는 곳이었다.

메리가 고함을 질렀다. 메리는 내가 1977년 이 건물로 이사 왔을 때부터 이웃이었는데, 한때 댄서였다가 이스트 6번가에 있는 세탁기에 한 손을 잃었고 지금은 그 자리에 갈고리를 달고 있다. 얼마 전 합의를 마치고 이사 나갈 준비를 마친 상태였다. 여길 떠나라며 메리가 고함을 질러댔다. 이 건물이 무너져 나를 뭉개버릴 거라나. 나는 실제로 그의 말을 믿었고, 지난 사십이 년간 건물이 요동치는 밤마다 이 건물이 곧 무너질 거라 여겼다. 떠나기로 마음먹었을 땐 내가 떠나자마자 이 건물이 무너질 거라 확신했고, 그렇게 된다면 예감했던 일이 일어났다며 고개나 설레설레 저어댔겠지.

사람들이 밤마다 문자메시지를 보내왔다. 델핀 블루°도 문자를 보내 가지 말라고 했다. 브루클린으로 이사하지 말라고. 저렴한 아파트도 좋다고.

지금 내가 우편물을 받는 이스트 4번가의 출력소에는 브루클린 지도가 도착해 있다. 온라인으로 구입한 건데 새로 이사하는 아파트에 붙일 생각이었다. 그러니까 대체

　　° 　뉴욕의 라디오 진행자다.

크라운하이츠라는 곳이 어디냔 말이다. JFK 공항이나 라과디아 공항과 더 가까운 것도 아니란다. 어떻게 그럴 수가 있을까. 텍사스의 내 집 부엌에는 텍사스 지도가 붙어 있다. 남들은 진부하다고 여길지 몰라도 난 내가 어디 있는지 알고 싶다.

내 아파트에는 작게 웅웅거리는 소리가 정말 많이 난다. 그 아파트는 정말 작고, 사방에서 소리가 울려 퍼져 귀를 괴롭힌다. 의심의 여지없이 나는 이곳을 떠날 테지만 당분간은 아니다.

이 책이 나올 때쯤(제목은 "당분간For Now"이라고 짓기로 마음먹었다)° 그 문제는 전부 해결되어 있을 것이다. 재미있지 않은가? 그 사이 나는 떠남을 생각한다. 헤어짐을. 상실을. 로버트 스미스슨은 한동안 내게 큰 의미가 있는 사람이었다. 나는 우리가 한 사람이라고 생각한다. 그는 자연사박물관에 우주인과 혈거인 둘 다 있다는 사실을 좋아했다. 내가 참여한 두 가지 시간대인 플린스톤

° 이 책의 원서 제목은 "For Now"다.

가족과 젯슨 가족∞처럼 말이다. 플린스톤 가족은
드로잉이다. 젯슨 가족은 베끼기의 여러 버전을 통해
단일한 생각마저도 수백 페이지에 걸쳐 움직임을 만들고
이를 통해 진정 환상적인 일이 일어나도록 만든, 글쓰기의
진보한 포스트모던 양식이다. 세상에는 다양한 종류의
경이로움이 존재한다.

뉴욕에서 시인이 되는 일에 관해 장편소설∞∞을 쓸 때였다.
나는 캘리포니아대학교 샌디에이고의 교수로 재직하는
동시에 최대한 자주 뉴욕으로 돌아오고 싶어 안달이 나
있었다. 길에서 나를 만난 사람들은 뉴욕에서처럼 나를
쳐다보곤 했다. 그러면서 나더러 **여기** 사느냐고 물었다.
지난 스물다섯 해 동안 듣던 말인데도 당시에는 그
말이 무척 개인적으로 들렸다. 나는 뉴욕이라는 도시가
작가로서의 나를 만들었다고 느꼈기에, 그들의 별 뜻 없는
말들에 그 자격이 빼앗길 것 같은 기분이 들었던 것이다.

∞   각각 석기시대를 배경으로 한 〈고인돌 가족 플린스톤〉, 미래
        시대를 배경으로 한 〈우주가족 젯슨〉 애니메이션을 가리킨다.
∞∞   2000년에 출간된 아일린 마일스의 소설 《인페르노Inferno》를
        말한다.

그래요, 여기 삽니다, 하고 나는 콧방귀를 뀌었다. 때로는
샌디에이고에 낭독을 하러 오겠다면서 새로운 근거지에서
지내는 나를 볼 생각에 기대가 된다고 피식 웃어대는
이메일을 보내는 사람도 있었다. 맙소사. 그런 말을 들을
때마다 어찌나 분노가 일던지. 이제 나는 교수, 즉 그들이
여행을 하게 만들어줄 핑계가 되었으니, 사람들이 나로부터
행사를 끌어내려 궁리하는 것만큼 최악인 일이 없었다.

한 친구가 방문 작가로 한 학기 임용되어 왔는데, 저녁
식사 자리에서 고주망태가 되어서는 자기가 무슨 진짜
방문 작가라도 된다는 듯이, 작업의 조건을 충족하는
것이 자신에게 정말로 매 순간 중요한 일이라도 된다는
듯이 자기 작품 이야기를 하며 거드름을 떨어댔다.
샌디에이고에서 사는 동안 글은 어디서든 쓸 수 있다는
걸 마음으로야 알았지만 나는 완전히 취약해졌다. 뉴욕에
가지 않았더라면 작가가 되지 못했을 것 같다. 실제로
그랬을지는 모르는 일이지만, 그렇게 생각하는 쪽이
좋다. 그런데 방금 충족fulfill이라는 철자를 쓰다가 잠깐
헷갈렸다. 막상 쓰고 보니 이상해 보였는데.

브루클린은 뉴욕일까. 무척 정치적인 문제다. 지금은 그게
궁금하다.

내가 아는 작가 중에는 여행 중에 자신이 작가라는 걸
숨기는 이들도 있다. 작가라고 말하면 무슨 글을 쓰느냐는
질문을 받는다. 그런데 그런 질문이 뭐가 어떻다는 건가.
아니면 어떤 작가들은 자기도 예전에 작가를 꿈꾸었다고
말하기도 한다. 그러면서 사진가들이 사람들에게
기대하는, 꿈결 같은 눈빛의 그 표정을 짓는다. 사람들은
작가들이 아름다운 곳으로 가서 글을 쓰며 산다고, 그게
인생의 전부라고 생각한다. 실제로 그렇다. 별로인 건 글을
쓴다는 부분이다.

방금, 충분히 원고를 썼으니 이제는 잠시 컴퓨터를
충전해두고 짐을 싸야겠다고 생각했다. 메모를 하고,
그다음에는 아이디어를 떠올릴 것이다. 나에게 글쓰기란
성생활과 비슷하다. 나라는 건 추상적이다. 나는 세상에서
가장 어리석은 사람처럼 보이는 것에 개의치 않으며,
그러다 슬쩍 눈길을 들어 상대가 내 말을 믿는지 확인할
뿐이다. 요즘 나는 내가 작업이라고 생각지 않는 일을 하고

있다. 그러면서 **이게** 무엇일까 생각한다. 아마도 어중간한, 사이에 있는 일 같다. 내가 왜 쓰는가에 대해 이야기하는 건 고결한 일일까. 그건 돈벌이 아닐까.

그러고 보면 나에게 종교라는 것이 애초에 있기는 할까. 그런 건 어느 지점부터 알 바 아닌 것이 된다. 나는 그 지점에 있다. 일기장에나 쓸 법한 말이기는 하지만. 나는 주요 작가와 예술가의 책에 서문 쓰는 작업을 하는 중이다. 대부분 여성이고, 살아 있는 이들도 있고, 죽은 이들도 있다. 샹탈 아케르만을 작업했다. 캐시 애커°도 작업했다. 게일 스콧°°도, 린 틸먼도 작업했다. 찬쉐를 작업했고, 마이클 랠리°°°를 작업했다. 마이클의 경우 추천사도 써주었다. 가끔가다 남성들에게도 무언가 해주는 게 좋다.

° 섹슈얼리티, 트라우마 등을 주제로 작업한 미국의
  포스트모던 실험 소설가이자 극작가다.

°° 캐나다의 소설가이자 번역가로, 1980년대 퀘벡 페미니즘
  언어이론에 크게 기여했다.

°°° 미국의 시인으로 프랭크 오하라, 윌리엄 칼로스 윌리엄스, 존
  애시버리 등과 함께 뉴욕파New York School 시인으로 꼽힌다.

거절할 수 없을 때만 승낙하지만, 너무 많이 거절할 수는
없다. 나는 늘 이곳에 당도하길 고대해왔다. 정확히 여기,
예일대학교가 아니라 그것이 시든, **내 소설**이든 간에 **내
작업**이라고 생각하는 장소 말이다. 그런데 얼마 전 끔찍한
사실을 하나 깨달았다. 이제는 산 사람이든 죽은 사람이든
간에 다른 예술가에 대해 글을 쓰는 것이 내 글을 쓰는
것보다도 더 좋을 지경이라는 사실이다. 나는 작업하는 데
질려버렸다. 글쓰기가 아니라, 나와 기묘하리만큼 유사한
자아의 어떤 요소들을 세밀하게 그려내는, 이야기를 닮은
말하기 방식 말이다. 아마 사람들은 내가 쓰는 것이 허구가
아니어서 그렇다고 할 것이다. 그런데 내가 쓰는 건 허구다.
내가 쓰는 그것이—뭐라고 표현해야 할지 잘 모르겠지만
허구가 아닌 무언가라고 생각하는가? 내 손이 키보드를
두들길 때, 나는 거짓말을 한다.

그 모든 것이 알리바이다. 왜냐하면 나는 내가 작가가 된
것이 일종의 구성이라기보다는 오히려 작업에 선행하는
일종의 경험이며, 따라서 실패를 반복하면서 마침내
자신의 스타일과 내용, 기회를 찾게 되는 것임을 알기
때문이다. 이런 실패를 수없이 겪은 끝에 나는 그것이

내 과정이라 믿게 되었다. 내 작업이 나를 얼마나 시달리게 만들건 그 과정은 존재하고, 앞으로도 일어날 것이다. 이 과정에는 배신감이 깊이 개입해 있는데, 나는 **끝내주는군** 생각하며 항해하다 뚝 멈추고, 다른 속도로 살아가는 또 다른 나는 내 글을 읽어본 뒤 별로라고 말할 것이며, 나중에 다시금 그 글로 돌아가 그것들을 조각내고, 느슨하게 만들고, 재배열할 것이기 때문이다.

결국 나는 편안함에 대해, 그리고 **그것이** 어째서 순전한 허구일 수밖에 없는지를 이야기하는 것이다. 그래서 나는 장르에 대한 개념을 전혀 믿지 않는데, 전부 이렇듯 날조된 것뿐이다. 그러나 글, 예술, 음악의 면면이 모두 거짓말이라는 뜻이 아니다. 그것들은 삶과의 관계 속에 놓여 있고 그 일, 내 경우에는 글쓰기를 하는 것이 내가 하는 생각을 더욱 아름답게 만들기 때문이다. 내게는 그럴 만한 시간이 있다. 그 일에 빠져 있고, 집요하게 시간에 관해 이야기하지만, 시간이 둥둥 울려 퍼지는 것을 느끼기에 진정한 평온함을 느끼지는 못한다. 아니, 나는 행복하지만, 바로 이곳에 조그만 구멍을 파면서 다른 쪽에도 찢어진 구멍을 내고 있는 것이다. 내가 좋아하는

방식으로 베껴서, 내가 그 구멍을 빠져나올 수 있게, 저녁
식사 자리에서 고주망태가 되어 자기 작품 이야기를
떠들어대던 그 작가와는 전혀 다른 방식으로 긴장을
누그러뜨릴 수 있도록 말이다.

쓰기나 그리기, 그리기와 쓰기,
베끼고 베끼고 베끼기.
신이여.
신이란 이런 반복에서 발생하는
그 무엇이다.
몇 번이고 되풀이해서 말이다.
나는 그것을 진실로 만들기 위해
그 언어를 사랑해야 한다.
그게 내가 세계와,
또 신과 맺은 계약이다.
신이여.

이제 원고 절반을 썼다. 솔직히 말하면 사실이 아니고 3분의 1을 썼다. 끔찍한 일이다. 여기는 텍사스고 나는 새해가 오자마자 이 원고를 쓰기 시작해 오늘이면 완성할 거라 예상했다. 여태까지 나는 **내** 글이라는 흐릿한 범주의 글을 썼다.(이 글이 내 글이 아니라면 무엇일까? 물음표는 히스테리컬하다. 그러니 물음표를 쓰겠다.)

나는 오늘 중에는 길을 떠날 생각이었지만 아직 출발하지 않았다. 모든 게 달라졌기 때문이다. 여자 친구가 아파서 길을 떠날 수가 없었다. 원래 우리는 각각 샌프란시스코와 마이애미에 있을 예정이었다. 나는 그냥 텍사스에 남아 1월

15일인 오늘 이 원고를 쓰기로 했고, 어쩌면 이 빌어먹을 원고를 오늘 밤 다 완성할 수도 있겠다는 생각이 든다. 누가 알까. 나한테는 아이디어가 넘치니까.

우선 내가 있는 정확한 위치—물론 애초에 여기 있어서는 안 되지만—에서 실제 무슨 일이 일어나고 있는지 도식화하여 보여주고 싶다. 여기는 내 집에 딸린 뒷마당으로, 나는 여기에 뭔가 짓고 있다. 여태 건물을 지어본 건 처음이다. 이곳에 시인의 오두막이라는 이름을 붙이기로 했다. 이런 걸 집 밖에 짓는다니 좀 어색하기는 하다. 처음 이 집을 샀을 때 마당에는 덤불에 둘러싸여 폐허가 된 하늘색 건물이 하나 있었다. 사진을 잔뜩 찍어 인스타그램에 올리자 사람들이 댓글로 '꼭 그림 같아요' 했는데, 조금 쑥스럽기는 했지만 맞는 말이다. 내가 사진을 올린 이유가 그것 때문이다. 그쪽을 내다볼 수 있는 부엌 창문은 작고 지저분한데 때로는 안개까지 끼어서 미치도록 근사한 결과물이 나온다. 8월에 글을 쓰러 이곳에 왔을 땐 오후만 되면 그곳으로 갔다. 천장은 거의 다 무너져서 하늘이 뻥 뚫려 있었고, 건물 기둥에는 큼지막한 침목이 네 개 붙어 있었으며, 머리 위 낮은 곳에 달린 서까래는 낡아

부러져 있었다. 뒷벽이 무너진 자리에 삼각형의 구멍이
났고 그 너머로 나무 한 그루가 보였다.

나는 그곳에 명상용 쿠션과 샌디에이고에서 가져온 때
묻은 작은 불상을 가져다 두었다가(불상은 캘리포니아에서
테이블 아래로 떨어지는 바람에 머리가 떨어져 나갔는데, 접착제로
머리를 도로 붙인 다음 불상 전체를 금색 글리터 매니큐어로
칠했다) 그것들을 끌고 웃통까지 벗고는 오후의 햇살
속으로 나아갔다. 곁에는 허니°가 앉아 있었다. 이곳은
정말 황량한 동네다. 마음에 든다. 멀찍이 에어비앤비가
있지만 대개는 머무는 사람이 없다. 때때로 트럭이 집
오른편 골목으로 들어와 쓰레기를 수거해갈 뿐 마당에는
아무도 없다. 근처에 다른 집이 있긴 하지만 사람은
코빼기도 안 보이니, 당연히 웃통을 벗고 쿠션 위에 앉아
신과 이야기를 나누는 내 모습을 본 사람은 아무도 없다.
내가 지금 하고 있는 일이 그것이다.

리걸패드에 처음 쓴 것은 이런 글이었다.

°　　아일린 마일스의 반려견 이름이다.

71

나는

오늘 밤

신과 데이트했다

그다음은 한층 더 두서없는 말이 이어졌다.

우리 집

냉장고를

쓰레기통처럼

파헤쳐 [먹으면서]

그러니까 글을 쓰려고 이 집에 틀어박혀 있는 동안 장을
보지 않았단 뜻이다. 자꾸만 양상추의 유통기한을
살펴보면서 그때마다 내가 혹시 쓰레기통을 뒤져서 먹을
걸 찾는 건 아닌지 생각했다.(참고로 그런 일을 해본 적은 없다.
그 정도로 부자도, 가난뱅이도 아니니까.) 당연히 먹어야지.
유통기한이 고작 사흘 지난 정도면 썩 괜찮다고 생각하면서.

마당과 파란 오두막에 대해 이야기하는 건 가을에
이곳에 있는 동안 있었던 일 때문이다. 나는 **이 일**

말고, 진짜 글을 쓰려고 10월에서 11월까지 이곳에 와
있었다. 새 장편소설을 쓰는 중이었는데, 솔직히 말해
굉장히 별로였다. 1월에 (그러니까 지금) 다시 이곳으로
돌아왔을 때 곧바로 쓰기 시작할 수도 있었을 것이고
그래야 마땅했겠지만, 그러는 대신 그 소설을 읽어보기로
마음먹었다. 그 소설은 정말로 끔찍했지만 그래도 상당히
괜찮은 부분이 있었다. 단지 아직 쓰고 싶지 않았고,
꼭 써야 할 필요도 없었다. 여태까지는 말이다. 그러나
재미있게도 시간 때문에 치열해졌다. 마감일이 생기면
마음속 깊은 부분이 앞으로 치고 나오고 마음의 전면은
장황한 변명을 시작하는데, 그러다 보면 왠지 그 둘이
오래된 사이처럼 함께 어울리게 된다. 더 치열한 건, 그것이
귀환이라는 것이다. 요즘 심리치료를 하면서 이런 이야기를
하고 있다. 삶의 이 시점에 이르니 중요한 건 귀환이라는
생각이 든다.

나는 가을에 이곳에 있었다. 일반적인 의미에서이기는
하지만 평생 세부 사항에 집착해왔다는 걸 고백하고
싶다. 어떤 이들은 페티시라 부를 수도 있을 것이다.
근사한 외투가 한 벌 있는데 온 신경을 기울이는 건 이

외투에 달린 단추라는 말이다. 나는 시멘트로 거칠게
마감한 욕실에는 도기로 된 휴지걸이가 있어야 한다고
판단했다. 그 말은, 주택을 소유한다는 것에서는 진정한
향수가 느껴진다는 뜻이다. 아파트에 살면서는 집에
창문을 낼 수 없다. 그러나 주택에서는 바로 그런 일을
한다. 마치 그런 일을 '영원히' 하는 기분이다. 그래서
엣시Etsy°에서 예스럽고 멋진 도기 휴지걸이를 샀는데
깨진 채로 도착했다. 발송지는 캐나다였고 판매자는
안전하게 포장했다고 했지만, 세관에서 소포를 열어본 뒤
내 휴지걸이를 보고 코웃음을 친 다음 상자 속 뽁뽁이
포장지 **바깥**에 도로 넣어버린 것이다. 뉴욕의 친구에게
부탁하여 깨진 조각을 엉성하게 다시 맞췄고, 텍사스에서
이 물건을 콘크리트 벽에 붙여줄 사람을 찾기까지는
일 년이나 걸렸다. 당시 내 개 허니가 집을 나가지 않도록
울타리를 고쳐주고 있었던 짐이 포트데이비스에 사는
진 벨이라는 도급업자를 소개해주었다. 과거 스턴트
배우로 활약했으며 소 목장 운영을 비롯한 온갖 일을 했던

○ 독특하고 창의적인 핸드메이드 제품의 판매를 중개하는
   플랫폼이다.

진은 그놈의 물건을 벽에 붙이는 법을 아주 잘 알았다.
진에게 집을 구경시켜주며 마당을 걷다가 발길이 오두막에
닿았다. 나는 언젠가 이 오두막을 고칠 생각이라고 말했다.
그래요, 어디 한번 봅시다.

오두막 공사는 거의 다 끝난 것 같은데, 왠지 점점 더
복잡해진다. 화장실은 검은색으로 칠할 것이고(그냥
검은색을 생각한 것뿐인데 에린은 너무 1980년대풍이란다)
갈고리발 달린 욕조도 놓을 건데, 마침 길 저쪽 어느 집
마당에 버려진 걸 두어 개 봐두어서였다. **욕조라니**. 설렜다.
주인에게 쪽지를 남겨놓고 며칠이나 기다렸다. 그러다가
마침내 키 큰 남자를 만났는데 그는 면전에서 팔 생각이
없다며 거절했다.

시내로 나가서 또 다른 욕조를 찾았는데, 그 욕조 주인
역시 만나기 힘들었다. 이 동네에는 온 사방에 욕조가 널려
있지만 실제로 쓰이는 건 거의 없다. 이 동네 사람들은
그랬다. 그 전에 염소 농장에 갔다가 100달러짜리 녹슨
욕조를 보긴 했지만, 결국은 시내에 어느 벽에 기대 있는
다른 욕조를 택하게 된 것이다. 나는 애초에 욕조에서

목욕하지도 않으니 우스운 일이지만 어쩐지 점점 커지는 이 오두막 한가운데에 욕조가 하나 있어야겠다는 생각이 들었다. 그러니까 일종의 아주 세밀한 세부 요소처럼 말이다. 근사하지 않은가?

이제 공사가 거의 다 끝나고 나니, 마당에 내 집보다 더 난방도 단열도 잘 되는 조그만 방 하나가 있다는 사실이 조금 묘하기는 하다. 나도, 내 개도 그렇고 어쩌다 이 사람들에게 푹 빠졌는지는 모르겠지만, 짐이 씩 웃으며 자기와 진은 마당 반대편에 또 하나의 쌍둥이 오두막을 상상하기 시작했다고, 이대로 작업을 계속해보겠다고 했다.

작은 오두막이 원래 상태였을 때, 거의 무너진 뒷벽에는 대충 삼각형 모양의 작은 구멍이 나 있었고, 거기로 마당 귀퉁이에 자라난 어린나무 한 그루가 보였다. 오두막 공사 이야기를 나눌 때였는데, 진이 저 나무 때문에 골치가 아프겠다고 했다. 그래서 나는 당신 솜씨 좀 보여달라, 뭐 그런 식으로 대답했던 거 같다. 한 달 뒤 돌아오니 오두막은 다 무너져 기둥 네 개만 남아 있었고, 나무는 짐과 진이 베어버린 뒤였다.

그날 저녁, 짐은 전자담배를 뻐끔거리면서 진과 내가
이야기를 끝낸 줄 알았다고 했다. 말수가 적어서 우리는
그를 "미니멈 짐Minimum Jim"이라고 부르지만, 사실 딱히
그렇지도 않다. 내가 아주 명확하게 말한 게 아니거나,
그들의 말을 내가 오해한 건지도 모른다. 그러다 내가
떠나자, 무언가는 사라져버렸다.

나는 잘려 나간 어린나무를, 그러니까 이 집의 나머지를
지을 수 있게 해준 짤막한 그루터기를 만져 보았다.
진 말로는 자기한테 아치 언저리에 아주 멋진 삼각형
창을 만들 줄 아는 친구가 있다기에, 나는 창을 내겠다고
했고, 지금 그 삼각형 창은 유리가 끼워지기를 기다리며
수수께끼처럼 머리 위에 떠 있다. 나는 나중에 무언가를
심어서 유리 너머로 자라난 모습이 보이도록 만들
생각이다.

짐과 진이 모르는 게 하나 있다. 두 사람이 내 마당에
지은 것이 내 아파트라는 사실이다. 나는 그것 역시
귀환의 일부라고 생각한다. 책상과 욕조 그리고 일종의
침대를 원할 다른 이유가 있을까. 그 누구도 보지 않는

내 마당에서 발가벗고 목욕할 이유가 말이다.

이제는 정말로 그곳에 나무건 잡초건 뭐라도 자라는
것을 심어야겠다는 생각이 든다. 나는 오늘 오두막에서
명상했다. 오늘은 날씨가 추웠기에 공사가 없었다.

내가 아파트를 복제하는 건 아파트를 빼앗길 위험에
처해서도, 그것을 잃어서도 아니며 그저 실용적이라
생각해서다. 텍사스에 있지만 집에 가고 싶을 때, 마당에
참조할 만한 것이 있는 셈이다.

이쯤에서 최신 소식을 전해야 할 것 같다. 바로 그 원본인,
이스트빌리지에 있는 내 아파트 이야기다. 그러니까 내
심리치료사가 된 데이비드의 대답을 재촉하는 질문들과
그저 받아들일 뿐인 그의 표정 때문에, 그리고 정확히는
어느 날 심리치료를 마치고 찾아갔던, 1930년대에
지은 아주 별로인 아파트를 보여준 포니테일 머리의
부동산중개인 때문에 나는 마침내 결론에 도달했다.

현관 계단의 난간이 무른쇠로 되어 있는 아파트였는데,

안에 들어가니 세입자들이 아침 식사가 담긴 접시를
들고 발코니를 뛰어다니고 있었다. 그 집을 나와
길에서 중개인에게 내 아파트가 처한 상황에 대해
질문하자, 그는 월세를 물어보더니 한동안 말없이 나를
쳐다보았다. 그러더니 꼭 떠나야 하는 게 아니면 떠나지
말라고 했다. 사람들은 그런 걸 좋아합니다, 라면서.
부동산중개인치고는 아주 솔직한 말이었다. 나도 안다.

내가 **또 한 가지** 말하지 않았던 건, 바이아웃° 협상이
이어지던 여름에 법이 바뀌었다는 사실이다. 예컨대 내가
태어난 곳이자 1990년 임대료 안정화 제도를 없애버린 뒤
다시는 그 전으로 돌아갈 수 없게 된 케임브리지와는 달리,
뉴욕은 아직까지도 세입자 중심의 도시다. 우리에게는
가난한 사람들, 대안적인 사람들, 엉망진창인 사람들이
필요하다. 우리가 그런 사람이건 아니건 간에 말이다.
툭 터놓고 말하자면, 우리한테는 부자보다 그런 사람들이
더 많이 필요하다. 가난한 자들은 삶에 목적을 주니까.
그들이 삶의 목적을 가시화시키니까.

　　　°　　합의금을 지불하고 세입자를 퇴거시키는 것이다.

79

뉴욕의 새로운 임대법에 따르면, 집주인은 나처럼 자기
집에서 사십이 년간 살던 세입자를 쫓아내고 싶을 때
내가 이 집에 살았던 기간 동안 매년 오른 월세 인상분을
합법적으로 요구할 수 있다. 무슨 말인가 하면, 나를
쫓아내는 대가로 일레인 무지는 횡재하게 된다는 것이다.
어느 날, 복도를 지나던 다른 세입자를 불러 세우고는
아일린입니다, 하고 말을 걸었다. 그러자 그 남자는
안녕하세요, 하고 인사를 건넸다. 혹시 월세를 얼마
내는지 알려줄 수 있어요? 그냥 궁금해서요. 그러자 그는
대답해주었다. 그 말을 듣고 나는 그건 거의 불법일 거라고
말했다. 그러자 그는 웃으며 상관없어요, 라고 했다. 친절한
사람이었다.

지금(법이 바뀐 뒤) 나를 퇴거시킨다면, 일레인 무지는 매달
80달러씩 더 받을 수 있다. 데이비드가 웃으며 알려주기를,
기가 막힌 일이지만 그 사람은 여전히 바이아웃을
제안하고 있다고 했다. 당신을 **정말로** 쫓아내고 싶은
거라고요. 그럼 이제 어떻게 되는 거냐고 물었다. 나는
떠나지 않겠다고 말하면서. 잠시 짜릿함에 몸이 떨렸다.
다음 순간에는 에너지가 줄어들었지만. 그러자 법원으로

간다고 했다. 나는 법원 건물에 들어가본 적은 있다.
주택법원 청문회실까지 들어가봤다. 그렇지만 정말로
법정에 서본 적은 없었는데, 이젠 그렇게 된 것이다.

11월이 오자, 데이비드와 함께 집주인의 변호사이자
전직 오페라 가수였다는 게이브리얼 피니를 만났다.
그런 사람이니 어쩌면 내게 연민을 보여줄 수도 있겠다
생각했지만 그렇지는 않았다. 한참을 꾸물거린 끝에
우리는 법원으로 들어가 담당 판사를 만났다. 아직은
예비 심리였다. 데이비드의 말로는 좌파라고 정평이
난 판사였는데, 우리는 이야기를 나누었고, 판사는 내
글에 관해 물었다. 나는 내가 일단은 시인이지만 지금은
장편소설을 쓰는 중이라고 했다. 판사는 내가 마음에 드는
것 같았다. 그는 50대의 잘생긴 여성으로, 선이 가늘고
똑똑한 인상이었다. 무슨 말을 하면 맥락을 잘 파악했다.
그 사람의 방식이 마음에 들었다.

판사는 게이브리얼에게 어째서 의뢰인이 바뀐 법을
인지하면서도 바이아웃을 제안하느냐고 물었다. 그러자
게이브리얼은 어깨를 으쓱하며 집주인에게 가족이 있다는

이야기를 했던 것 같다. 자식들이 어쩌고저쩌고, 하는
이야기였고 판사는 이런저런 메모를 하면서 서류를
들여다보았다. 그러더니 날짜(12월 중이었다)가 양측
모두에게 적합하냐고 물었다. 우리는 동의하고 법원에서
나왔다.

약 삼 주쯤 지난 뒤 변호사가 이메일을 보내 집주인이
소송을 취하했다고 알렸고 이야기는 거기서 끝난다.

내 생일 전날이었기에 그 좋은 소식은 입에서 입을 타고
널리 전해졌다. 60대의 삶에 무슨 일이 일어났는지 보라고.
새로운 시대가 시작된 것이다. 그러니까 내가 그저 내 집에
다시 살 수 있는 시대 말이다. 이거야? 그런 생각이 들었다.

이 원고를 끝내야겠다. 에린은 독감에 걸려 내 침대에
누워 있고, 나는 그에게 내 아파트에 대해 어떻게
생각하느냐고 물어볼 텐데(에린은 이사를 적극 지지하는
입장이었다) 아프다는 건 우연한 정보로 넘쳐 나는 일이기
때문이다. 변기가 막히고, 배관공은 에린에게 수작을
건다. 꼭 그런 식이 될 필요는 없다고 나는 지적한다. 나는

에린을 옹호하고 싶다. 에린은 그 사람이 아주 실력 좋은 배관공이라고 말한다. 그가 내 집 세면대를 고쳐야 할 것 같다면서.

그렇게 이야기는 다시 과거로 돌아간다. 마당에 쇠붙이로 지은 작은 집이 거의 다 완성되었다. 꼭 열차처럼 생겼다. 나는 짐과 진더러 바닥에 면한 찌그러진 푸른 양철 벽이나 골이 진 양철이 번질거리는 벽들 한가운데에 줄무늬를 그려 넣으라고 했다. 집의 앞면만 빼고. 오두막 앞 벽은 오래된 지붕 때문에 불그스레해졌다. 그림을 그려드릴까요? 나는 지금 이 글을 쓰면서 그들이 일하는 모습을 보고 있다.

나는 낮잠을 참으려 안간힘을 쓰고 있다. 단지 글을 쓰는 행위조차도 깊고 두꺼운 잠을 불러오고, 그렇게 잠에서 깨면 다시 글을 쓸 수 있을 만큼 상쾌해진 기분으로 다른 세상으로부터 걸어나온다. 반면 그들은 일을 마치고 죽도록 피로해졌고.

나는 정신과 몸의 차이를 모른다. 알지만 늘 그 차이를 지우려 하는 건지도 모른다. 또는 내가 그 차이를, 무언가 새로운 것을 심하게 강탈하는 것인지도 모른다. 그렇게 아무것도 남지 않고 텅 비어버리면 나는 그곳을 떠나 다음으로 나아간다.

이야기를 하나 하려고 한다. 우선 마파에서 시작하고 싶다. 그래야 어쩌다 이곳 텍사스까지 왔는지 설명할 수 있을 테니까. 나아가 내가 왜 마당에 내 아파트의 복제물을 창조하고 있는지까지도 설명될지 모르겠다. 나는 2015년에 한 달 하고도 며칠간 텍사스에 머물렀다. 내가 잘 모르는 힐러리라는 사람의 송별 파티에 갔던 그달이었다. 그때 나는 힐러리의 친구인 브랜든과 리사와 친하게 지냈다. 함께 하이킹을 하러 갔고, 그것말고도 나는 그들이 하자는 모든 일을 대체로 전부 함께했다. 그들이 이곳에 살았기 때문이다. 그런데 옆집이 비어 있었다. 마당이 참 넓은 집이었는데, 마당을 서성이며 집안을 슬쩍 들여다보려 했지만 쉽지 않았다. 며칠 뒤, 나는 이래저래 알게 된 부동산중개인인 메리에게 집을 몇 군데 보여달라고 부탁했는데, 메리가 맨 처음 보여준 집이 그 집이었고 나는 입찰했다. 가을이 되자 웬만한 시간을 그 집에서 보냈다. 텍사스가 근사하게 느껴졌던 건 너무나 낯선 곳이어서였다. 마파는 예술의 동네였으므로 늘 할 만한 일이 있었지만 그 일을 하든 말든 그 누구도 신경 쓰지 않는 것만 같았다. 나는 한 개인으로서 그 집을 샀다. 이 집은 글을 쓸 수 있는 나의 공간일 뿐, 어떤 관계 맺기를 기대하는 마음이 반영된 공간은 아니었다. 나는 더 이상 그런 것에 의지하지 않았고, 나만의 미래를 바랐다.

1990년대에 영화감독 여자 친구가 있었는데, 그가 장비를 도둑 맞았다는 슬픈 이야기를 들려준 적이 있다. 슈퍼에이트라는 촬영 장비를 몽땅 훔쳐 가버렸다는 것이다. 여자 친구는 14번가에 살았고 도난 사건은 흔했다. 시인이 되라고 나는 말했다. 우리에겐 아무것도 없으며, 나에게선 그 무엇도 훔쳐 갈 수 없다는 뜻이었다. 그런 말을 한 건 나빴지만, 그래도 그 역시 글을 썼고 솔직히 말하면 나도 영화를 만들고 싶었다. 늘 영화를 만들고 싶었고, 시라는 건 내게 손쓰지 않고 얻을 수 있는 직업 같은 것이었다. 내가 시를 쓴 건 내게는 아무것도 없으며 내 재능은 보이지 않는 것이었기 때문이다. 뭐, 완전히 그런 것은 아니지만 말이다.

나는 냅킨에 글을 썼고, 담뱃갑에 글을 썼고, 각양각색 조그만 노트에 글을 썼고, 리걸패드에도 썼다. 두꺼운 글씨로 술술 써지는, 처음에는 펜텔에서 나오던 롤링라이터로 쓰는 것이 가장 이상적이었다. 나중에는 파이롯트 G-2의 볼드라고 알려진 1.0밀리미터로 바뀌었지만. 내가 만화가들에게서 제일 좋아하는 점이 그들은 만화, 즉 세계 속에 글씨를 써내려간다는 것이다. 세계는 숨결에 따라 팽창하고 수축하는 풍선이며, 우리는 살아 있음과 숨쉬기라는 그 곡선을 기록할 수 있을 정도로 풍선 표면이 커졌다고 느낄 때 글을 쓴다.

빛이 한구석을 차지하면 우리는 소리 내서 글을 쓴다. 큼직하게, 근사하게, 만화처럼 말이다. 내가 살아온 내력을 읊으며 지루하게 만들 생각은 없다. 그 내력은 구역질이 난다. 나는 이 이야기를 꽤 산뜻하게 해내면서도, 그 어떤 것의 반영도 아닌 그 자체로서 거의 낙서에 가까운 스타일로 존재에 접근하는 삶과 글쓰기의 경험을 전달하려 애쓰고 있다. 모든 것은 어떻게 보면 공공장소의 벽이고, 심지어 가장 사적인 표현도 이따금 가시성으로 달아오른다. 너무 추상적인가? 내 말은, 중요한 건

지나치게 긴 삶을 대비하며 존재하지 않는다 해도
우리는 느릿느릿 영원을 향해 다가간다는 점이다.
속절없이. 나는 내가 지금 앉아 있는 아파트로 이사했고,
한동안 이곳에는 그림을 그리기 위한 큰 책상이 놓여
있었는데, 남자 친구 스콧이 만화를 그려서 돈벌이할
수 있을 거라고(나는 만화를 잘 그렸다), 그러면 매번 내
술값을 다 내주지 않을 수도 있을 거라고 생각해서였다.
책상 오른쪽 끝에는 요행haps이라는 흰색 이름표가
붙은 검은색 스프링바인더가 놓여 있었다. 예전에,
어퍼웨스트사이드에서 살았을 때는 시계를 맞춰놓고
억지로 글을 썼지만 매번 망하기만 했다. 그러나 때로는
그렇게 열심히 고치지 않아도 되는 좋은 시가 저절로 내게
찾아왔다. 단어를 여기로, 또 저기로 밀어대면서 말이다.
그런 시들은 내 낭독용 시가 되었고, 처음 뉴욕에 살 때
내 삶은 낭독 프로젝트였다. 바깥으로 나가 아무한테나
시를 읽어주었다. 이 이야기는 예전에 이미 쓴 적 있으니,
이번에는 상세하지 않은 버전으로 이야기하련다. 지금의
버전이 더 나아 보이는 건, 말하기 프로젝트가 아니라
글쓰기 프로젝트이기 때문이다.

나는 소파에 앉아 소리 내지 않고 말하고 있다. 그렇게
시들이 모여 책을 이루었다. 내 첫 책은 시인 짐 브로디가
소규모 출판한 책이었다. 조금 전까지 완전히 잊고
있었는데, 원고 원본은 샤피 펜으로 제목을 써서 멋져
보였다. 짐은《롤링스톤》에 글을 썼던 인연으로 유명
사진작가를 불러와 내 사진을 찍어주었다. 시집 제목은
"목줄의 아이러니The Irony of the Leash"°였다. 나는 검은색
터틀넥스웨터 차림으로 밧줄을 쥐고 있었고, 밧줄
끝은 구석으로 숨겨져 마치 내가 보이지 않는 큼직한
무언가를 끌어내고 있는 것처럼 보였다. 내 얼굴에 담긴
표정은 오로지 스트레스뿐이었고. 멋진 표지였지만 짐이
사진을 잃어버리는 바람에 스티브 리바인이 표지 그림을
그려주었다. 그건 마치 고등학교 때 노트에 끄적거리는
꼼꼼한 낙서 같았다. 또 다른 원고가 기억나는데 겉면에
"이봐요 테드와 엘리스 사포의 배∞에 대해 어떻게
생각해요"라고 쓰인 스티커가 붙어 있었다. 굉장한

○   1978년 200부 한정으로 출판된 아일린 마일스의 첫
    시집이다.

∞   《사포의 배Sappho's Boat》는 1982년 출간된 아일린 마일스의
    시집이다.

원고였기에 지원금 신청을 하면서 그 원고를 제출했다.
나는 지원금 대상자로 선정되었고, 당시 심사위원 뮤리얼
루카이저는 원고에다 꼭 출판해야 한다고 썼다. 그러고
나서 맙소사, 이런 젠장, 루카이저가 죽었다. 결국 나는
해마다 완성한 시 중 가장 잘된 것들을 그해에 해당하는
바인더에 끼워 넣어 내 예술의 발전상을 볼 수 있는 파일링
시스템을 개발했다. 그런 바인더들이 잔뜩 있는데, 우유
상자에 넣어 침대 밑에 보관했다. 때로 바인더들은 길에서
발견한 파일 캐비닛 속으로 이동하기도 한다. 매력 있어
보이려 하는 말이 아니다. 그냥 사실을 말하는 것 뿐이다.
발견한 시found poetry^{∞∞∞}라는 개념을 두고 나의 온 세계가
웃어젖힌 건 우리의 세계에 존재하는 모든 것이 발견한
것이기 때문이다. 바인더 안의 시들은 수년간 집 안에서
이리저리 돌아다녔으나 집 밖으로 나간 적은 없는 것 같다.
내 시들은 질병에 걸려 격리된 신세나 마찬가지였다.
이 질병이란 책을 쓰거나 잡지에 열렬히 시를 투고하는 것
외에 내가 한 모든 일을 영구히 기록하는 상태를 말한다.

∞∞∞   신문 기사, 표지판, 낙서, 나아가 다른 시 등 다른 출처에서
           가져온 기존의 단어나 표현을 재배열하고 더하고 누락해 시를
           만들어내는 기법이다.

시인이 된 초기에는 형편없었다. 어떤 이들은 내 언어가
외롭게 들린다고 했다. 아마 전에 한 적 있는 이야기
같은데, 사실이다. 아마도 남성들은 편집자로부터 이런
반응을 듣는 일이 없는 것 같지만, 여성은 늘 겪는 일이다.
내가 아무리 때로는 여성으로 취급받는 것마저도 치를
떨어낸다 한들 남들은 나를 그렇게 생각하고, 내가 커피를
한잔 사면 상대는 나더러 여사님ma'am이라 부른다.

잘되어가고 있는 것 같다. 요즘 내가 무슨 책을 읽느냐고?
엉뚱하고 리드미컬한《트리스트럼 샌디Tristram Shandy》
그리고 고색창연하고 세련된《쿠란》을 읽고 있다. 일전에
비행기 안에서《쿠란》을 읽었는데 아주 기분이 좋았다.
첫 장 제목은 암소인데° 왜 그런 이름이 붙었는지는 아직
모르겠다. 기이하게도 나는 내 개 이름으로 구독하는 저널
《라이브스톡위클리Livestock Weekly》도 함께 읽고 있는데

> ○   《쿠란》의 두 번째 장이자 가장 긴 장인 〈알 바카라سورة
> البقرة〉는 암소라는 의미다. 첫 번째 장이라고 말한 것은
> 저자의 혼동이거나, 또는 기도문으로 이루어진 첫 장인
> 〈알 파티하سورة الفاتحة〉를 제외하고 센 것일 가능성이
> 있다.

거기에도 암소가 등장한다. 목장 일이며 암소 키우기에
관해 읽는 건 삶이라는 거대한 학살을 체험하는 일이다.
누군가에게 상자에 담긴 시를 보여주었더니 상대가 사본이
없느냐고 물었던 기억이 난다. 그 말에 웃으면서 없다고
대답했다. 나는 원본이라는 괴팍한 외고집이 좋다. 내가
원본을 잃어버릴 리가 없으니까. 사본은 없다. 원본은
유일하다. 몇 년에 걸쳐 시를 완벽하게 완성하고 나면 나는
초고들을 없애버린다. 그것들을 간직할 공간도, 시간도
없어서다.

물론 그런 것들은 책이 된다. 그래도 좋았다. 그것을
잃어버린 방식도 말이다. 나는 온갖 앞뒤 안 맞는 일들을
예상했고, 그런 일들은 실제 벌어졌다. 쉰 살 무렵 나는
대학 교수로 임용되었다. 그 일 덕분에 갖은 고초를 치렀다.
세상에는 특정 시인들만 낭독할 수 있는 장소가 있는데,
내게는 캘리포니아대학교 샌디에이고가 그런 곳이었다.
내가 임용된 것은 무엇보다 레이$^{\infty}$와 친하다는 사실

∞ 레이 아만트루는 미국의 언어파 시인으로 캘리포니아대학교
샌디에이고에서 시와 시학을 가르치고 있다.

때문이었는데, 나는 늘 우리가 친한 건 계급적 관계라고 생각해왔다. 나는 레이의 작품을 좋아하지만, 그럼에도 우리 둘 다 노동계급 출신이며 그 사실을 인지하는 것이 우리 둘 모두에게 중요하다고 생각한다. 나는 레이의 경우, 계급은 그가 세계를 이해하는 방식 중 어떠한 측면을 창조한다고 본다. 그의 작품에 담긴 간결함과 비약 같은 것 말이다. 내 시는 순수하게 언어적인 것으로, 독자가 이해하건 말건 전혀 신경 쓰지 않는 건, 이야기는 단순하며 소리가 전부이기 때문이다. 나는 지금까지 쓴 모든 시를 기억한다. 암송할 수는 없지만 그것들은 파도처럼 돌아온다. 모두 내 뇌의 일부니까. 그것들이 내 뇌를 이룬다. 내 뇌는 안팎이 뒤집혀 있다. 시가 나를 증명한다. 지금 무슨 일이 일어나고 있는지는 조금도 알 바가 아니다. 일전에 시인 애덤 피츠제럴드가 망각에 관한 이야기를 했는데, 아마 루이스 하이드식 이야기였던 것 같다. 망각은 잃어버리는 것처럼 구체적인 게르만적인 것, 그리고 덮이거나 덧씌워지거나 보이지 않게 되는, 사라지는 것에 더 가까운 그리스적인 것으로 나뉜다.

전화 통화를 하면서 아, 나는 게르만이야, 라고 했다.

애덤은 자기 시인 친구들이 '게르만'에 달려들었다고
했지만, 그 뒤로 나는 내가 얼마나 그리스적인가 하고
생각하고 있다. 생각은 써두지 않으면 흐려진다. 망각은
구체적 사물이 아니라 정보, 사실 또는 감정을 한동안
(뇌 속에) 붙들고 있는 행위다. 그것들은 서서히, 불가피하게
흘러가 사라지고, 그 공백이 금세 새로운 생각으로
채워지면, 과거의 생각들이 애초에 존재하기는 했었나
하는 생각이 든다.

샌디에이고에서는 나를 부르면서 이사 비용을 대주겠다는
엄청난 제안을 해왔다. 5000달러에 내가 가진 세속의
재물을 모조리 옮겨주겠다는 말이다. 뉴욕으로 돌아갈 땐
당연히 대형 트럭 같은 건 없었는데, 얼마가 들었는지는
정확히 안다. 거의 비슷했다. 뉴욕으로의 귀환은 찔끔찔끔
이루어졌다. 나는 트럭이 모든 걸 실어 한 번에 옮겨준
게 좋았다. 정말 멋졌다. 우리는 우선 나가서 집을 샀다.
그래야 트럭의 목적지를 정할 수 있을 테니까. 학교
측에서 그 집을 사줬는데, 사실 그게 교수 자리를
받아들인 이유기도 하다. 엄청난 제안 아닌가. 그렇다면
내 원고들도 살까? 나는 뉴욕에 있을 때부터 비트

나는 지금까지 쓴 모든 시를 기억한다.
암송할 수는 없지만 그것들은
따로처럼 돌아온다,
모두 내 뇌의 일부니까.

그것들이 내 뇌를 이룬다.
내 뇌는 안팎이 뒤집혀 있다.
시가 나를 증명한다.

시인들의 기록물보관전문가 빌과 아는 사이였다. 내가
앨런°을 알았기 때문이다. 시 세계에서 중요한 건,
그 사람들이 다 죽고 나면 나는 원하는 어떤 사람이건 될
수 있다는 것이다. 나는 앨런에게 사랑받았고, 다른 몇몇
이들과 마찬가지로 앨런의 진정한 가족 중 하나였지만,
그렇다고 비트 시인의 일원이 되어 아이슬란드 여행을
갈 정도인지는 모르겠다. 가긴 했지만 말이다.∞ 쉰 살이
다 되었던 나는 내 원고의 판매라는 대학살을 할 준비가
되어 있었고, 원고들이란 온갖 스크랩, 노트, 녹음,
바인더 따위의 잡동사니를 가리킨다. 캘리포니아대학교
샌디에이고의 도서관에는 장서들이 굉장히 많았는데,
내 기록물을 사들이는 것은 내가 이 학교에 채용되기
전이어야 한다는 규정이 있었고, 학교 측에서 딱히
관심을 보이지 않아 약간 모욕적이라 느꼈다. 마치
그쪽이 나를 채용하는 건 내게 에너지가 있고 이런저런

○   아일린 마일스와 교류했던 대표적인 비트 시인 앨런
      긴즈버그를 가리킨다.
∞   아일린 마일스의 아이슬란드 여행은 그가 2009년에 출간한
      예술에 대한 에세이집 《아이슬란드의 중요성The Importance of
      Being Iceland》에도 기록되어 있다.

일들을 할 수 있기 때문이지, 내가 그들의 생각에 딱 맞는 시인이어서는 아닌 것 같다는 기분이 들었다. 빌에게 어떻게 생각하느냐고 묻자, 그는 기다려보라고 했다. 빌 생각에는 내가 아직 충분히 나이가 들지 않았던 것이다. 또, 샌디에이고나 스탠퍼드에 기록물을 판 내 친구들은 그리 큰돈을 받지 못했기에 나는 더 많이 받을 수 있을 거라 생각했고 그래서 기다렸다. 가진 걸 전부 챙겨 캘리포니아로 간다는 게 기이하게 느껴진 건, 무엇보다도 내 상자가 처음으로 어딘가로 옮겨진다는 점 때문이었다. 지금쯤이면 그 상자가 시가 담긴 상자를 가리킨다는 사실이 분명해졌기를 바란다. 그 우유 상자 말이다. 무대 위에서 우유 상자를 들고 이 이야기를 한 적이 적어도 한 번은 넘는데, 강연은 괜찮았다. 그때 쓴 노트를 찾으려 아파트를 샅샅이 뒤졌지만 어디서도 찾을 수가 없었다. 그날의 낭독은 고작 칠 분 길이였는데, 솔직히 이번 원고는 그보다 네 배는 긴 것 같다. 그러니 이 원고에서 그 이야기를 하는 걸 후회하게 될지도 모르겠다. 당시 강연은 텔레비전에서 방영될 예정이었기에 우유 상자를 든 채로 낭독을 했던 것 같다. 또, 그때의 대본을 이 글에 포함할까 하는 생각도 해봤다. 결국 내 아카이브에

들어가는 신세가 되고 말겠지만. 그때쯤 나는 상당히
많은 책을 출판한 뒤였기에 당연히 두꺼운 책을 생각했다.
시인으로서의 자신을 회고하는 선집selected 말이다.
시 세계 바깥에 있는 사람들은 늘 모음집collected이라고
말하지만. 그 사람들은 이 둘의 차이를 모르며, 누가
모음집이라고 말할 때 선집이라고 말을 고쳐주면 상대는
나를 얼간이처럼 보겠지만, 때때로 나는 그렇게 한다.
그 사람들은 우리가 무엇을 하는지 전혀 모른다.
파일링이나 잔뜩 하는 줄 알 뿐.

샌디에이고의 내 집 바깥에는 길쭉하게 생긴 작업실이
있었다. 마당으로 나가 협곡을 마주 보는 곳이다.

내 바인더들은 새로 산 법정 규격 크기의 파일 캐비닛
서랍 안에 들어 있다. 절여지면서, 절여지고 있다고
생각하며 학교 연구실에 앉아 있는 나와 같이, 그건 일종의
죽음이었다.

이 모든 빌어먹을 일에는 어딘가 비극적인 면이 있다.
학교에서는 내게 집을 주었고 내 여자 친구에게도 강의를

98

주면서 우리 관계를 존중했지만, 곧바로 우리의 관계는
박살 나버렸다. 그 온갖 영구화의 효과는 내가 심어둔
대나무가 흔들리는 모습조차 나를 비웃는 것처럼 느껴지게
했다. 영구화야말로 최악의 일이었지만 그럼에도 젊은 시절
나는 시의 완벽한 최종 판본을 감춰둔 채 모든 초고를 없애
버렸고, 이제는 내 선집을 만들고자 한 편씩 끄집어내기
시작했다.

그러니까 뻔한 일이라는 말이다. 이탈리아의 시인 엘리사
비아지니가 미국 여성 시인들의 작품을 이탈리아어로
번역한 책을 만들겠다며 시를 몇 편 달라고 했다. 그건
완벽한 청탁처럼 느껴졌다. 이탈리아어야말로 무언가의
가치를 제대로 측정할 수 있는 진정한 척도니까.
그 무언가를 아름다움이라고 말하기는 망설여진다.
그런데 번역할 시들을 선정하고 나니 감이 잡혔다.
그 뒤로 생각만 한참 했고 선집을 만드는 건 그 뒤로
칠 년쯤 제자리걸음만 했을 뿐이지만. 그 일은 내 과거를
구하는 일인 동시에, 기이하게도 과거를 파괴하는 일이기도
했다.

내가 읽은 모이라°의 책에는 메리 울스턴크래프트가 출산할 때 이야기가 나온다. 태반이 내려오지 않는 바람에 의사가 더러운 손을 몸속에 집어넣어 꺼냈는데, 울스턴크래프트가 죽은 원인이 그것이라고 쓰여 있다. 지금 이 이야기와도 관련되는 것 같다.

결국 나는 뉴욕으로 돌아갔다. 한동안 로스앤젤레스에서도 지냈지만 나는 캘리포니아에서는 다시는 사랑을 할 수 없으리라는 것을 알았다. 그 선택은 학문적인 것이었을 수도 있고 전투적인 것이었을 수도 있다. 전투적인 것이라고 말하는 쪽이 좋지만 그런 일은 전혀 일어나지 않았다. 한동안은 캘리포니아에서의 삶이 좋았다. 그러다 내 개가 죽었다. 삶은 비극적이기 이를 데 없었고, 어느 날 뒷마당 잔디를 깎다가 나무에 부딪친 나는 미안하다, 나무야, 라고 했는데 그 말은 그대로 책 제목이 되었다.°°

○   모이라 데이비는 미국에서 활동한 사진작가이자 에세이스트, 영화감독이며 여기서는 그의 책 《여신들Les Goddesses》을 가리키는 것으로 보인다.

∞   아일린 마일스는 2007년에 시집 《미안하다, 나무야Sorry, Tree》를 출간했다.

그들은 내게 집을 사주었고 트럭을 불러주었다. 나는 아직도 샌디에이고를 생각한다. 그 트럭을 몰고 동쪽으로 갔었다. 두어 해는 로스앤젤레스에서 살았다.

뉴욕으로 돌아온 나는 우유 상자를 침대 밑으로 밀어 넣었다.

나는 엘패소에서 가던 길을 멈췄고 우리(이제는 고양이 어니와 나)는 출판사 싱코푼토스를 운영하는, 세상에서 가장 멋진 가족인 버드씨네 집에 머물렀다. 거긴 어쩐지 우리가 방금 떠나온 샌디에이고의 동네와 닮아 있었다. 갈색 언덕들이 우리를 둘러싸고 있었으며, 고양이들이 교외의 거리를 돌아다녔다. 어니는 춤추듯 온 집 안을 돌아다니며 창밖을 구경했다. 어니가 여기 머무르고 싶을 리는 당연히 없겠죠, 하면서 보비 버드가 말끝을 길게 늘였다. 안 돼죠, 어니는 뉴욕으로 데려갈 거예요, 미안해요. 몇 년 뒤 어니는 결국 서부로 돌아와 죽을 때까지 버드 가족과 살았다. 녀석은 내 여자 친구를 싫어했고, 뉴욕도 싫어했다. 어니는 바깥 고양이이자 수많은 가족의 일원이며 거리의 남자였고, 봄이 와 세상이

푸릇푸릇해지는 모습을 뉴욕의 창가에 앉아 내다보는
일은 녀석에겐 그야말로 지옥 같은 끔찍한 일이었다.
바깥에 세상이 있다면 그 세상 속에 있어야 직성이 풀리는
녀석이었다. 그래서 녀석은 그렇게 살다가 그렇게 죽었다.

선집에 수록할 시를 모으는 내내 나는 그 시들을 들고
다녔다. 상자 속에는 단 한 번도 출판되지 않은 비밀스러운
시들이 있다는 걸, 그 안에서 끄집어내기만 하면 된다는
걸 알면서도 나는 그저 현재의 시를 계속 썼을 뿐, 노랗게
변해가는 페이지며 온갖 낭만적 필체로 가득한 그 낡은
상자 속을 들여다보고 싶지 않았다. 상자는 무거웠다.
그걸 케이프코드에 가져갔다. 버몬트에도, 몬태나에도
가져갔다. 그리고 꽤나 어린 새 여자 친구가 생겼다.
교수진 중에 논픽션을 가르치는 강사가 어느 날 우리를
집에 초대하더니 사슴고기 스튜 같은 걸 끓여주었다.
그 사람은 내가 세계 최고의 변태쯤 된다고 생각한
모양이다. 사슴고기 스튜라니. 그러나 나는 그곳에도 시가
담긴 상자를 가져갔고, 상자가 마치 죽은 사람한테서
물려받은 고양이처럼 묵직했던 기억이 난다. 상자가 자꾸만
나를 노려보았다. 우리가 사는 집 지하에는 변호사가

살고 있었다. 집주인이었는데 일이 잘 풀리지 않아 자기
집 지하실로 거처를 옮기고 내가 강의하는 동안 우리에게
집을 임대해준 것이다. 떠나기 전에는 내 유언 작성도
맡아주었다. 그 여자는 내가 죽기를 바랐다. 자신의
세입자가 사는 집 지하실에 살았으니 그 여자는 이미 죽은
기분이었는지도 모르겠다. 샌디에이고에서 나는 노력했고,
노력은 좋지 않게 끝났다.

내 글쓰기보다는 내 삶을 페티시화하는 게 훨씬 낫다. 전기
작가가 나에게 관심 가질 일은 없을지 몰라도, 내가 할
일을 마치면 나 역시 끝날 것이다. 선집이 나왔을 때는 전부
다 찌꺼기처럼 느껴졌다. 그게 무슨 뜻인지는 모르겠다.
거기엔 그림자뿐이었다.

내가 아는 건 1997년경부터 기록 보관의 순간이라고
생각하는 무언가가 시작되었고, 내가 내 기록을 팔기
전부터 이미 서서히 다가오는 과거의 가치를, 과거가
현재에서 작동하고 있는 새로운 공간의 존재를 느끼기
시작했다.

나는 애초부터 직관적으로 모든 걸 보관해두어야 한다는
걸 알았지만, 괴팍한 기질 탓에 오히려 그 반대로, 과거를
보존하는 대신 빛나는 구멍을 내야 한다고 느꼈다.

현실의 어떤 버전에서, 나는 몬태나에서 돌아와 11번가에
트럭을 주차했다. 당연히 먼저 그의 아파트 앞에 짐을
부려놓았지만 상자 그리고 사진이 담긴 큼직한 플라스틱
통은 운전석에 놓아둔 것 같다. 그런 걸 누가 훔쳐갈까
생각하면서. 아침이 되어 상자와 통을 가지러 트럭에 간
것도 기억난다. 그날 아침이, 텅 빈 운전석을 보았을 때의
충격이 떠오른다. 그 기억이 사실인지 아직도 모르겠다.
무언가 끔찍한 일이 일어났을 때, 그것이 사라졌다는 게
도저히 믿기지 않아 황망히 선 채로 있으면 눈앞의 세상이
자꾸만 모습을 바꾸고 있지 않는가. 이건 기억일까, 아니면
상실감일까. 혹은 빛나는 구멍 같은 것?

나는 노숙인이 내 트럭을 열었다고 믿는다. 내 심리치료사는
그렇지 않다고 했지만. 포드 레인저의 문은 열기 쉽고,
그 사람은 바인더가 든 상자, 사진이 든 커다란 통, 연한
초록색의 에르메스 수동 타자기, 데이비드 래트레이°가 준

큼직하고 오래된 미리엄웹스터 사전을 조심스럽게 꺼내
갔던 것이다. 전부 나로서는 트럭의 문을 따고 들어오는
사람이 군이 훔쳐 갈 이유가 없다 여겼던 것들이다. 그러나
그들은 나의 내장을 도로 연석에 조심스레 내려놓고,
그 자리에 아마도 그들의 낡고 더러운 배낭과 똥덩어리로
가득한 쓰레기봉투를 싣고는, 한 여섯 명쯤 되는 얼간이들,
어쩌면 섹스 상대와 함께 운전석에 올라탔다가, 동이 트기
전 자기 물건들을 챙겨 다시 내렸을 것이며, 우유 상자와
사진 통은 그저 쓰레기로 주워 가라고 밖에 그대로 둔
채 가버린 것이다. 때로 나는 어느 무단 거주자가 검은
쓰레기봉투들 옆에 놓인 상자 속 내 바인더를 이리저리
들쑤시다가 시를 발견하고 한 무더기 가져가 벽에다
덕지덕지 붙이는 바람에 오늘날의 이스트빌리지 벽에서는
갈가리 찢어지고 노랗게 변한 내 시들이 벽지처럼
도배되어 있는 모습을 본다.

그래서 2015년, 한 달간 텍사스로 가기 직전, 나는

○   미국의 시인이자 번역가이며, 라틴어와 산스크리트어까지
    대부분의 서양 언어에 능통한 학자로도 알려졌다.

뉴욕에서 크리스라는 사람과 이야기를 나누었다. 기록물보관소의 에이전트인 그가 무엇을 가지고 있느냐 묻기에, 나는 1960년부터 써온 노트들이며 낭독회와 공연 포스터, 비디오테이프 등이 있다고 대답했다. 사진도 있습니까, 묻기에 음, 조금 괴상한 일이기는 하지만 안드레이 보즈네센스키와 내가 소파에 앉아 있는 기록사진이 **있었다고** 답했다. 에이드리언 리치와 내가 어느 낭독회에서 끌어안고 있는 사진, 앨런 긴즈버그가 직접 찍어 메모를 남긴 내 사진은 물론, 로버트 메이플소프의 아웃테이크 촬영본까지 있었다고요. 잘됐군요, 크리스가 말했다.

그것들이 어디에 있는지는 모른다. 모두 상자 안에 들어 있었다. 이어서 나는 우유 상자 속 바인더에 있는 시들에 관해 설명했다. 그런 다음 이상한 건, 그 두 가지가 다 어디 있는지를 모른다는 사실이라고 말했다. 그러니까 나한테 있어야 하는 것들인데 말이다. 과거에 사람들이 사본을 만들라고 했던 것이 기억난다. 나는 싫다고 말하며 당당하게 미소를 지었는데 **절대** 잃어버릴 리가 없어서였다. 어디 두었는지 잊어버릴 가능성은 생각지도 않았으니까.

찾을 수 있겠느냐고 크리스가 물었다. 나는 어쩌면 뉴욕의 내 보관창고나 아니면 샌디에이고에 아직 한 칸 남아 있는 보관창고에 있는 것 같기도 하다며 "빅 박스"라는 이름의 보관소라고 말했다. 피식 웃는 얼굴로. 그는 세부 사항에 대해서는 전혀 관심이 없는 게 분명했다. 그러니까 거기 있을 수야 있지만 말이 안 되는 거 아니냐는 말이다. 나는 혼자 생각했다. 내가 다녔던 온갖 여행을 떠올려보았고, 그렇다면 분명 그 상자는 동해안 **어딘가에** 있겠지. 여기서도 봤고, 저기서도 봤으니까.

크리스는 음료를 마시느라 잠시 말을 멈췄다. 그는 바인더가 든 상자를 생각하고 있었다. 아니면 사진 생각을 했거나. 우리는 라피엣에 있는 세인트 앰브로즈라는 곳에 있었다. 나는 자리에 앉으면서 이곳이 마음에 든다고 했다. 그도 이곳을 좋아한다며 미소를 보였다. 이제는 나를 올려다보면서. 그걸 찾아줄 사람이 있을까요, 찾으셔야 합니다. 그래요, 크리스. 할 수 있어요. 그는 생각에 잠겨 고개를 끄덕였다. 모든 가능성을 하나하나 소거해나가야 합니다. 우리 업계에서는 그런 상자야말로 노다지니까요, 그가 말했다.

처음 텍사스에 갔던 때 나는 투손의 어느 타로 점술가와 전화 통화를 한 적이 있다. 그는 상자가 무척 가까운 곳에 있다고 했다. 그 말에 나는 그 상자를 들고 여행을 다니던 시절에 나를 만나 상자와 접촉한 적 있는 모든 이에게 편지를 써서 보내야 했다. 사람들은 크게 상심했다. 당신 아파트에 없는 것이 확실한가요. **여자 친구** 집에 없는 게 확실한가요. 내 여자 친구는 어린 시절부터 살았던 크고 오래된 아파트를 소유하고 있었다. 그곳은 일종의 철도와 같았다. 그가 벽장이라고 부르는 홀이 하나 있었는데, 홀이라기보다는 기다란 옷걸이와 무척 높이 달린 선반이 있는 공간이었다. 뉴욕의 점쟁이를 찾아갔더니 그가 상자를 갖고 있다고 했다. 자기가 갖고 있다는 사실을 그는 모를 수도 있다면서. 그에게 물었더니 정말 안타깝지만 그런 걸로 거짓말을 할 리 없지 않으냐고 했다. 나는 과거에 여러 조수를 두었는데 그중 한 명은 내 물음에 굉장히 역정을 냈다. 이미 뉴욕을 떠난 그는 이렇게 쏘아붙였다. 제 탓을 하시는 건가요? 아니, 아니에요, 모두에게 물어보는 거예요. 그러자 그는 예전에 함께 살았던 전 남자 친구 번호를 주었다. 그 남자와 같이 살던 집에 엄청나게 큰 벽장이 있었다면서. 그 조수는 영화 촬영을 위해

내 트럭을 쓴 적도 있었다. 나는 그가 내 상자들을 자기
집에 부려놓는 모습을 상상했다. 아니요, 죄송하지만
아닙니다, 하고 그 남자가 말했다. 이틀쯤 걸려
찾아보았다면서. 나는 최면술사도 만났는데 그 사람이
말하길 어딘가 높은 곳에 램프처럼 빛나는 초록색이
보인다고 했다. 아니, 사실 그건 최면술사가 나를 최면
상태에 빠뜨렸을 때 내가 눈길을 들자 보았던 모습이었다.
로스앤젤레스를 떠나기 전 나는 한 아파트에서 지냈다.
사흘쯤 살다가 돈을 돌려달라고 했다. 뉴욕으로 가겠다고
말이다. 그 아파트는 바로 길가에 참 이상한 창고 공간이
있었는데, 내가 그 창고를 잠그고 열고 했던 기억이 있으니
그 상자는 바로 거기 있을 거라는 생각이 든다. 내가 이사
나간 뒤 그 집에 들어간 웬 코미디언과 통화를 했는데,
그 남자가 죄송하지만 여기엔 없어요, 했던 것이 기억난다.

어느 여름 우리는 케이프코드의 세 군데 집에 살면서
이사를 세 번 했다. 아니면 두 번이던가. 그중 한 곳은
웰플리트에 있는 큰 집이었다. 두 가구가 나란히 붙어 있는
듀플렉스 하우스 같은 곳이었는데 우리는 딱 그 절반의
공간에서만 살았다. 이 아파트에 실수로 미끄러져 들어갈

수 있는 어둠의 공간이 있고 그 안에 비밀스러운 삶이 있는데도, 그곳에 들어가보고 싶지 않다는 건 정말 놀라운 일이었다. 그 집은 문을 닫은 중고서점이었는데, 내 짐을 그곳에 두었다. 그곳 사람에게 물어보았지만 상자는 거기에 없었다. 또 다른 집에는 널찍한 마당이 있었다. 그때 우리는 작은 개를 두 마리 키웠다. 여자 친구는 그 집에 곰팡이가 있다고 했다. 어쩐지 그 집 지하실에 상자들을 둔 기억이 났다. 우리가 곰팡이 때문에 갑작스레 그 집을 떠났으니, 집주인 입장에서는 그 상자들을 버릴 만한 충분한 이유가 있다. 그러나 그들은 내 보증금을 돌려주지도 않았다. 사본이 없으시군요. 사본을 안 만드셨군요. 안 만들었어요.

그와 헤어졌을 때 나는 잠시 유럽에 살고 있었다. 즉, 조수였던 톰이 그의 아파트로 가서 내 물건을 챙겨 와야 했다는 뜻이다. 내 삶을 드라마의 한 에피소드로 만든다면, 첫 장면은 그가 계단 위 문지방 위에 서 있고, 톰이 짐을 들고 계단을 내려오면서 아일랜드에 있는 내게 문자메시지를 보내는 장면일 것이다. 램프도 챙길까요? 됐어. 나는 책에 관해 물었다. 마이클 매클루어°의 희곡이 있느냐며. 나는 《비어드The Beard》에 집착한다. 글쓰기 작업실로 잠깐 살았던 그 아파트에 두고 왔기 때문이다. 그런데 나는 그곳에서 정말로 글을 썼던 것 같다. 그곳은 언제나 그냥 집이었다. 톰이라는 그 조수는 나를 정말 열받게 했다. 몇 가지 일이 있었지만, 한번은 커피를 마시다가 그에게 뭔가 기억나는 게 있느냐고 물었더니 그는 물건을 꺼내 창고에 보관했던 걸 떠올려냈다. 그러다가 내 질문의 방향과 내가 찾는 물건을 알아차리자 큰 소리로 웃었다.

절대 못 찾으실 거예요, 하며 그가 껄껄 웃었다. 나는 그의 대학원 추천서를 써준 적도 있지만 이제는 말도 섞고 싶지 않다. 잠이 들려다가 갑자기 상상력에 불이 붙는 바람에, 마치 나이가 들기 전에는 결코 이해할 수 없었던 이야기처럼, 상실의 해변에 납작 누워 있던 밤들이 셀 수 없이 많다. 나는 나이가 들었다. 크리스라는 남자를 통해 내 원고들을 팔지 않았던 것은 물론 그 일이 너무 고통스러워서였다. 그는 그 물건들의 가치를 정확히 알아보았다. 그는 그 가치를 느꼈고, 그 시절 나에게

ㅇ   비트 세대의 시인이자 극작가다.

그 느낌은 가차 없기 짝이 없는 것이었다. 그다음에 만난 기록물보관소 에이전트는 앞의 사람만큼 신경 써주지는 않았다. 다만 그는 내 불안을 해결해주었고, 그래서 나는 그 남자를 통해 팔아버렸다. 내 아카이브를.

내게는 수많은 가설이 있다. 케이프코드에서 살았던 아파트에는 천장에 움푹 들어간 다락이 있었고, 친구 네이트가 우리와 함께 지냈다. 위층은 공사 중이었는데 그리 세심한 주의를 기울이지는 않았던 것 같다. 네이트는 위에 구멍이 너무 크게 뚫려 위층 일꾼들의 머리까지 보인다고 했다. 나중에는 소음과 먼지가 너무 심해진 바람에 네이트는 피난 가버렸다. 처음에는 나와 여자 친구에게 고양이 두 마리를 두고 갔다. 그러니 우리한테 작은 개 두 마리와 들고양이 두 마리가 있었다는 말이다. 너무 과했다. 그러다 네이트가 돌아와 고양이를 어딘가로 데려갔고, 그즈음 우리는 돌아왔다. 하지만 일꾼들이 내 아파트에 들어갈 수 있었으니, 그 사람들이 내 물건을 내다 버렸는지도 모르겠다. 가능한 일일까. 때로는 내 물건이 지하실에 있을 것 같기도 하다. 으, 쥐가 나오는 곳에.

또 다른 가설도 있다. 빈대다. 여자 친구의 아파트에
빈대가 나온 적이 두어 번 있었다. 매트리스 옆면에 묻은
핏자국을 발견했을 때 여자 친구는 충격에 사로잡혔다.
우리의 피였다. 그래서 우리는 요란을 떨며 빈대를 잡았다.
물건들을 모조리 쓰레기봉투에 처넣고, 온 집 안에
살충제를 뿌리고, 온갖 물건을 내다 버렸다. 그가 살던
아파트 앞, 쓰레기를 버리는 용도로 지은 지하 시멘트 감옥
같은 곳이 있었고, 우리는 검은 봉지로 그 지하 감옥을 꽉
채웠다. 나는 늘 가진 것을 줄일 태세가 되어 있었으므로
흥청망청 버렸다. 아침이면《황폐한 집》을 읽던 소파가
떠오른다. 그게 가장 먼저 쓰레기장으로 들어가는 신세가
되었다. 여자 친구에게는 또 한 명의 엄마가 있었는데,
진짜 엄마가 무책임한 사람이었기 때문이다. 그런 연유로
샐리라는 여자가 청소와 쓰레기 버리기를 도와주었다.
내가 말하고 싶은 건, 엄청나게 어린 사람과 사귀면, 특히
당신이 상대의 부모나 부모 친구들과 동년배라면, 존 웨인
게이시 같은 아동 연쇄살인범 취급을 받는다는 것이다.
그러니 샐리가 내 상자를 쓰레기봉투에 집어넣은 뒤 내다
버리는 모습을 상상하기란 전혀 어렵지 않다. 또, 지난 연애
시절 찍은 가치 없는 사진들로 가득한 거대한 보관통을

내다 버리는 것 역시 어렵지 않다. 언젠가는 뒤져 보면서 가치 있는 사진들을 골라내겠다고 마음먹었지만, 결국은 엄청난 가치가 있는 내 기록사진들이 맨 위에 올려진 채 사라진 그 통 말이다. 만약 샐리가 내 상자 하나를 쓰레기봉투 안에 넣어버렸다면 남은 하나도 쉽게 그렇게 했을 것이다. 이건 사람을 완전히 편집증에 사로잡히게 만드는 그런 일이다. 샐리는 좋은 사람이었다. 그런 짓을 할 리가 없다. 누가 알겠냐마는 그 정도로 신경을 써주는 사람은 별로 없다. 샐리는 그저 나와 거의 눈을 맞추지 않았을 뿐이다. 결국 나는 알고 있는 모든 사람에게 연락했다. 그 사람들에게 편지를 보냈다. 두 번째로 만난 점술가는 자기는 물건을 찾아주지는 않지만 그런 일을 하는 이를 안다며 그 사람 번호를 알려주었다. 그런데 그 사람이 암에 걸렸다. 조금 호전되기는 했지만. 꽤 실력이 좋은 사람이었다. 그런데 그즈음에 나는 다른 무엇보다도 사귀고 있던 여자에 대해 더 많이 물어보았다. 지금 만나는 사람과 다른 사람 말이다. 나는 그 상자에 대한 대본도 썼다. 그가 말하길 내가 쓰지 않는다면 자기가 쓰겠다고 했기 때문이다. 그래서 대본을 썼고 그걸 보여주니 그는 형식이 잘못되었다고 했다. 나는 바빠졌고, 다음번에

점술가와 점성술사를 만났을 때 그들은 그 상자가 가까운 곳에 있다고 더는 생각하지 않았다.

그것은 내 습관이 되었다. 십 년 가까운 세월 동안, 꾸준하게도. 사람들에게 말하는 일은 잘 없다. 2017년 나는 미국, 영국 작가들과 팔레스타인의 다섯 도시를 방문했다. 중동 출신이 여럿 있었고 유태인도 몇 명 있었다. 팔레스타인에서는 작가들과 변호사들과 인권운동가들을 만났고 매일 밤 낭독회를 열었다. 어느 날 라말라에서 이런 파티에 갔다가 나도 모르게 또래로 보이는 영화 제작자에게 이 이야기를 하게 되었다. 그 사람이라면 이해할 거라는 생각이 들어서였다. 그는 웃더니, 그건 사라졌고 잘된 일이라고 했다. 누군가 다른 사람이 찾아내겠죠. 더는 당신 문제가 아니에요. 그는 긍정적인 의미로 신나 보였고, 그 모습에 이상하게 잠깐이나마 안도감이 들었다. 우리는 다시 파티 장소로 돌아갔다.

세계는 숨결에 따라 팽창하고
수축하는 풍선이며,
우리는 살아 있음과 숨쉬게하는
그 곡선을 기록할 수 있을 정도로
풍선 표면이 커졌다고 느낄 때
글을 쓴다.

중요한 건 지나치게 긴 삶을 대비하여
존재하지 않는다 해도
우리는 느릿느릿 영원을 향해
다가간 다는 점이다.
속절 없이.

나는 내 개에 대한 회고록《애프터글로우 Afterglow》에서
내내 한 가지 문제를 붙들고 씨름했다. 그 책은 내 핏불인
로지의 삶과 죽음 그리고 사후의 삶을 기록한 2016년
출간작이다. 그런데 실은 그 책이 나오기 거의 이십 년
전이자 그 책을 쓴 지 칠 년도 더 전인 1999년부터 나는
이미 짧은 글을 쓰기 시작했고, 거기에 별생각 없이
성스러운 인간을 뜻하는 "파키르 fakir"°라는 제목을
붙였다. 내 개의 변호사가 쓴 편지 형식의 글인데,
그에 따르면 내가 개를 학대했고 그래서 로지가 나를

°   무슬림의 금욕 수행자를 뜻한다.

고소한다는 내용이다. 이 글은 마치 어떤 책의 일부분처럼 보이고 이 글을 통해 추론할 수 있는 책은 우습고 장난기 넘치지만 나는 그런 작가가 아니다. 내게도 그런 순간이 있기는 하지만 그때뿐이다. 나도 긴 글을 쓰지만 그건 분위기의 직소 퍼즐이지 **하나의** 분위기는 아니다. 때로 나는 글에 두꺼운 검은 선이 있었으면 한다. 아무것도 말하지 않는 구분 선이 있기를 바라지만, 그런 일은 잘 없다.

왜냐하면 이제 내 글쓰기에서 일어나는 무언가에 대해 이야기하려고 하는데, 그럴 때마다 '내 글쓰기'라는 범주 자체에 대한 불편함이 파도처럼 밀려오곤 하기 때문이다. 지금쯤이면 (이 글에서도 그리고 내 삶에서도) 편안하게 느껴야 마땅한데 그렇지가 않다. 내 글쓰기라는 건 마치 당신의 연애라든지 당신의 어머니라든지 당신의 알코올의존증 같은 것이 된다. 나는 언제나 '당신의'라는 구성을 의식했다. 지나치게 점잔 빼는 것 같은데다 그것이 존재하는 순간 주체는 신선함을 잃거나 낡은 것처럼

보인다. 마치 과거의 사람이나 한동안 만난 적 없던 사람이
슬금슬금 다가와서는 이렇게 말하는 것 같다. 이봐요,
아일린, 여전히 **당신의 시를** 쓰고 있군요. **당신의 글은**
어떻게 되고 있어요? 그 말투는 마치 그 **연애는** 어떠냐고
묻는 것과 비슷하다. 당신 어머니는 어떠십니까? 아,
죽었어요. 당신의 음주는—음, 당신의 음주는 어때요?
아 그만두셨다고요—잘 됐군요.

우리가 흔히 자신과 동일시하며, 매번 서두에
'당신의'라는 말이 따라붙는 영역이 존재한다. 당신이
결코 단언하기를 멈추지 않으며, 따라서 마땅히 이 세상도
가지각색의 방식으로 이를 단언하기 시작하게 되는
영역이다. 그러면 당신 역시 맞장구친다. 약간 역겨운
비유지만(내가 남성이 아니라서 그런 걸까?) 마치 세상에 늘
소스를 흠뻑 붓는 것과 같다. 셔윈 윌리엄스 광고에 나오는
페인트처럼. 셔윈 윌리엄스표 페인트가 세상을 뒤덮고
그 일은 여러분 눈앞에서 일어난다. 양동이가 넘어지고
그 안에 있던 것이 꿀럭꿀럭 쏟아지며 지구 전체를 뒤덮는
일이.

내 생각엔 그 광고가 달 착륙보다 더 먼저 나온 것 같다. 실상 달 착륙이 '온 지구'라는 개념을 만들어낸 게 아니라는 말이다. 그건 서윈 윌리엄스가 만든 개념이다. 이 광고가 효과적인 이유 중 하나는 잘 그린 그림, 만화라서다. 세상을 뒤덮는다는 자막 부분은 우리가 세상으로부터 기대하게 된 불필요한 중복이다. 한 번 보고 이해하지 못할 수 있으니 대놓고 요약해준다는 소리다. 추측건대 그 광고는 좀 식민주의적이며 '당신의'라는 말이 가진 문제 역시 거기 담겨 있다. 당신의 무엇무엇. 그것이 자기식민화다. '당신의 글'. 그건 **정확히** '문학'이 아니다. 그보다 더 뻑뻑한 '다른' 무언가를 가리키는 것이다.

환유, 성장. 그건 버릇에 가깝다. 인터뷰어는 메모를 쳐다보다가 다시 당신을 마주 보며 묻는다. "그러면… 지난번 어디선가 말씀하신 당신의 글에 관해…" 그 순간 우리는 '당신의 글'의 전문가라는 위치에 강제로 들어가게 되고, 아마도 과거에 했던 주장을 확장하거나 뒷받침하라는 요청을 받을 것이다. 아마도 그것은 알리바이이고, 작은 집이고, 그저 정신질환의 한 형태일 뿐이라는 것을 즉석에서 이야기해야 할 것이다. 그럼에도

우리는 그것을 '나의 정신질환'이라고, 자신을 위해
직접 지은 것이라고 당당하게 말하지만. 그렇다. 그건
취업불능자를 위한 일종의 고용이자, 아무것도 갖지 못한
자들을 위한 평생의 무언가이며, 내가 이 싸구려 아파트에
사는 동안 해낸(어깨를 으쓱이며) 무언가이니, 여기서 나는
내 싸구려 아파트 이야기를 들려드리겠다…. 내 사랑,
내 이야기를. 나는 그 문제의 본질을 딱히 오래 붙들고
있을 생각조차 없다. 그러니까 그 본질이라는 게 진짜
존재하느냐는 말이다.

내 생각에 글을 쓴다는 건 기껏해야 늘 그렇듯 글쓰기
속으로 훅 내달리는 것이다. 그 실행의 지평으로.
저 바깥을 향해. 비록 글의 주제가 '나'라고 해도 똑같이
느껴진다. 나는 사라진다. 필연적으로.

나는 어째서 글을 읽는 모든 사람이 어느 시점에 글쓰기를
시작하지 않는 것인지 자주 의아해한다. 당연한 신경
반사처럼 보이는데 말이다. 모두가 글을 쓰고 싶어 한다.
많은 이들이 그렇다. 얼마 전 작은 집에 발전기 패널을
설치해준 브루스는 자기 아내가 글을 쓴다고 했다. 어떤

글을 십 년째 쓰고 있다며 낄낄 웃었다. 십 년은 별것
아니라고 나는 미소를 지으며 내가 쓴 개 책을 한 권
건네주었다. 아내의 이름이 뭐죠? 조이?

그건 마치 아버지가 내게 자전거 타는 법을 가르쳐주었을
때와 같다. 아버지는 왼손으로 자전거 핸들과 안장 사이
가로대를 잡은 채 다른 한 손을 내 등에 두었고, 나는
핸들을 꼭 잡았다. 계속 페달을 밟으라고 아버지가
소리치자, 별안간 나는 미래를 향해 내달리고 있었고,
아버지는 사라졌다. 나는 혼자 자전거를 타고 있었다.
지금도 그렇다. 그것이 슬픈 순간이었다고 생각할 사람은
없을 것이다. 사실 어린 시절 가장 희열 넘치는 자유로운
순간은 아버지와 함께일 때였다. 롤러코스터 바닥에
웅크린 채 아버지의 다리와 발을 붙들고 비명을 질렀다.
그래도 다음 번 탈 때는 자리에 똑바로 앉았었고.

나는 어렸지만, 만약 지금 내가 죽는 것이라면 나는 그
죽음을 보고 싶었다. 그리고 내가 본 것은 세계였다.
우리가 있는 곳이자, 우리가 잠깐 속도를 바꿀 수도 있는 곳.
왜냐하면 나는 지금 글쓰기에 있어서 가장 좋아하는

페티시 중 하나와 연결되어 있다고 느끼기 때문이다. 나는
무언가 더 큰 것을 향해 꿈틀거리며 나아가 살아남는
이질적인 글을 생각하고 있다(개의 변호사가 쓴 편지처럼).

그건 일종의 당돌한 고아, 갓 태어난 바이러스, 모든
사람이 당신의 것이라고 기억하는 글이다. 그건 재미있고
재미있으며, 어디에도 속하지 않으니까. 번쩍, 하더니
그것이 당신의 삶이 되는 것. 그 뒤에는 모든 것이 당신에게
속하게 된다. 당신은 죽었으니까. 원래 그런 거다.

개 책의 문제는 내 개가 나를 고소한다는 생뚱맞은 글을
다른 책 속에 끼워 넣어야 한다는 것이었다. 이제는
내가 진심으로 내 글 이야기를 하지 않을 거라는 걸
짐작했겠지만, 난 할 것이다. 내가 글을 쓰는 이유 중
하나는 특권을 덜 가진 (목소리 없는!) 이들에게 목소리를
주기 위해서다. 개 이야기를 했으니 퍼펫puppet을 위한 글도
써야 한다는 책임감이 느껴진다는 사실도 털어놓아야겠다.
내 삶에는 다섯 개의 퍼펫이 있는데, 내게서 3미터도
떨어지지 않은 곳, 내 책상에 놓인 두 개의 작은 판지 상자
속에 들어 있다. 더 나은 곳에 있을 자격이 있는데도.

퍼펫들의 이름은 오스카, 베델리아, 몽고메리,
크로키(악어crocodile) 그리고 캐스퍼다.

지금 나는 부엌 식탁에서 글을 쓰고 있는데 책상과
크게 다르지 않다. 과일이 있는 책상. 비타민, 리걸패드,
신혼부인인 데이비드 비브와 힐러리 그리고 기분
좋게 옆모습을 보여주는 그들의 개 듀언이 보내온
크리스마스카드가 있는 책상. 모든 것이 퍼펫이라는
사실을 직면하자. 내 관점에서는 분명 그렇다.

이 퍼펫들은 우리가 일 년 전 마파에서 찍은 로드
무비에 등장한 것들로(크로키의 노래하는 목소리 연기는 존
애시버리가 맡았다는 사실을 여기서 고백해도 될까) 그 영화
〈더 트립The Trip〉은 내 작업에 퍼펫을 등장시키고 싶다는
내 꾸준한 욕망의 실현이었다. 퍼펫들은 내가 아홉 살 때
CYO(가톨릭청년기구)의 인형 만들기 수업에서 어슐러라는
멋진 선생님과 함께 만든 것들인데, 그중 캐스퍼는
영화에서 우르술라 선생님의 독일어 억양을 따라 한다.
우스운 점은 **내가** 그 캐스퍼를 만화 속 유령 캐스퍼라고
생각하지만 독일 억양을 쓴다는 바로 그 점이다. 독일의

퍼펫 시어터에는 늘 캐스퍼 퍼펫이 등장한다. 그건 하나의
전통이다. 게다가 캐스퍼는 무척 하얗다.

어린 시절 내가 살던 동네에서는 퍼펫 공연이 열렸고, 그건
예술가로서의 내 삶을 예견한 또 다른 활동 중 하나였다.
어쩌면 내가 이미 예술가임을 그저 확인하는 활동에
불과했는지도 모르지만. 아이들은 모두 예술가다. 혹은
예술 그 자체다. 그렇기에 내가 개의 회고록을 쓰면서 죽은
로지에게 진정성을 담은 목소리를 주고 싶었을 때 맙소사,
퍼펫들이 토크쇼를 하고 로지를 게스트로 초대한다면 **모두
각자의 발언권을 가질 수 있겠다고 생각했다.**

다시 이 책의 시작 부분으로 돌아가보면, 배를 언급하는
부분이 있고, 그 언저리에 선상 언어가 일부 등장한다.
영어란 정말 배에 관한 표현이 많은 언어다.

내가 로지의 변호사로부터 수령한 편지는 스크린에
활기를 불어넣는 요소로써 쇼 중간에 자연스럽게 등장할
수 있을 것이다. 쇼를 진행하는 주인공 퍼펫인 오스카가
편지를 크게 읽으며 로지가 제기한 문제를 알려줄 수도

있을 것이다. 그 장면이 편지를 뒷받침해줄 것이고, 책이
그 장면을 뒷받침해줄 것이다. 전환의 순간이다. 포옹!
그렇기에 상상의 편지가 쇼를 진짜처럼 보이게 해줄
테고, 진짜 쇼가 편지에 타당성을 불어넣을 것이다. 일단
대본에 편지를 넣고 나니 편지에 담긴 힘이 과도할 정도로
분명해졌다. 그래서 나는 이 편지를 책 앞부분에 끼워 넣고
이를 둘러싼 작은 신화를 만들어낼 수 있었다. 그러니까
거짓말을. 심지어 또 한 겹의 진정성이 필요할 때를 대비해
필체가 좋은/나쁜 어떤 사람°을 시켜 봉투에 이 편지를
넣어 내게 보내도록 만들기까지 했다. 글쓰기는 진정한
범죄다! 만약 책에 등장하는 말하는 개라든지 말하는
퍼펫 따위의 수많은 것들이 실은 지어낸 것이라면. 우리가
궁극적으로 꿈(예술) 속에서 옹호하는 진정한 무언가를
가리키는, 일종의 행위라면. 지금 모두 알고 있고 대체로
진실하다고 짐작하기 시작한 것들(비즈니스나 뉴스)이
거짓임을 모두에게 납득시키는 부담을 갈음하는 것이라면.
아니면 그저 정보라고 주장하는 아무것을 열정적으로
파헤치는 일이라면. 내 말은, 퍼펫이 허구라면 내 개도

   °   미국의 트랜스남성 작가 머드 하워드를 가리킨다.

마찬가지이며, 그렇다면 나 역시 허구가 될 수 있다는
소리다. 스릴 넘치는 짧은 순간, 이것은 '내 글'이 아니다.
나는 진짜가 아니니까, 나는 살아 있으니까. 내 글 속에서!

그래서 마침내 나는 변호사의 편지가 우편으로 도착하는
이야기를 만들어냈고, 책은 한동안 그 자리에서 나를
바라보았다. 그 책은 진짜였다. 진실이었다. 마치 연극처럼.

내가 별안간 미친 듯 페달을 밟고 있었던 그때와 같은
순간이 책을 쓰는 과정 속에서 벌어지고 있었다. 크고 작은
순환을 반복함으로써 현실적인 무언가, 어떤 상태, 어떤
장소, 익명이지만 사실은 구멍이 뻥뻥 뚫려 있으며 이제는
다른 것들, 예컨대 다른 텍스트나 그림도 그 안으로 이주해
책이라는 세계의 시민이 될 수 있는 곳을 만들어내는 일
말이다. 이런 외부의 텍스트들이 앞서 내가 녹음된 레코드
속에서 들었다고 언급했던 일종의 요철과 비슷한 것을
글의 내부에 만들어낸다. 이때의 글이나 주장은 다른
결을 지니고 있기에 여기가 아닌 다른 데서 온 것임을
알 수 있으나, 그 차이가 여기를 진짜이게 만든다. 어떤
면에서, 나는 글쓰기가 정치적 행위가 되는 것이 바로 이런

순간이라 생각한다.

안팎을 뒤집는 것. 그것이야말로 내가 글쓰기에서 가장
많이, 그 무엇보다도 원하는 것이다. 그때야말로 내가 살아
있는 순간이다. 이 글은 내 글이 아니다. 나는 퍼펫이다.
그러나 나 자신의 퍼펫, 나의 퍼펫이다. 나는 작가가 되고
싶었던 적이 없다는 걸 분명히 말한 것 같다. 왜냐하면
작가라는 사람을 이전에 본 일이 없었으니! 그 점이
《작은 아씨들》이 하나의 현상을 일으킨 것을 어느 정도
설명해준다. 이 책의 안팎에는 여성 작가가 존재하고,
그러면서 찰나이지만 여성 작가가 실재함을 제시한다.

그렇다. 어린 시절 나는 보이지·않는, 중요하지 않은,
조잡한, 신뢰할 수 없는 존재라는 느낌을 받았다. 그래서
특정 직업을 갖게 되면 내가 중요한 사람이 될 거라
생각했고, 한동안 내 야망은 우주비행사가 된다는 식의
과학과 익스트림 스포츠를 향했다. 그 욕망을 그저
환상이라 격하하고 싶지 않은 건, 실제로 로켓을 타고
우주로 날아가는 사람들도 있기 때문이다. 그러나 나는
그중 한 사람이 되지 못했고, 20대 시절부터는 진짜가

된다는 건 내적인 프로젝트라는 사실을 서서히, 점점 깊이 확신했다. 우리가 내면으로부터 느끼는 행동들, 시도하기와 끊임없는 페달 밟기. 연습을 거듭한 끝에 마침내 세상으로 나아가기. 이렇듯 내가 쓰는 글은 궁극적으로 가시적인 수행이다. 나처럼 말하고, 나처럼 보이며, 아주 오랜 시간에 걸쳐 형태를 바꾸다가 마침내 짠, 하고 책이 된다. 한 사람으로 성장하는 것과는 완전히 다른 이야기다. 지금 여기서 하는 말은 그 이야기가 아니다. 나더러 하라던 이야기가 아니다.

그렇기에 내가 이 일을 하는 방식 전체에는 그 산물 안에 아주 많은 세계를 담고자 하는 야망이 실려 있다. 그 세계가 좀 보잘것없이 어수선하고 불결하도록, 그래서 사람들이 건물 안에 들어가듯 진입할 수 있도록 말이다. 이 건물은 공공건물이다. 작품을 끝내는 순간 여기 온 사람들의 것이니까. 내가 가장 먼저 그 속으로 사라지겠지만 그 뒤에는 그들도 마찬가지일 것이다.

나는 이게 '나의 글쓰기'라고 생각하지만 사실 이는 흔한 실천이다. 그것이 내 꿈이다.

글을 쓴다는 건 기껏해야 늘 그렇듯
글쓰기 속으로 훅 내달리는 것이다.
그 실행의 지평으로. 저 바깥을 향해.
비록 글의 주제가 '나'라고 해도
똑같이 느껴진다.
나는 사라진다. 필연적으로.

2018년 가을, 어느 스페인 잡지에서 일하는 여성으로부터
연락을 받았다. 일전에 글을 써준 적 있는 사람이었다.
지난번 작업은 순탄했다. 쓴 글도 마음에 들었고 그들도
마찬가지였으며, 원고료도 꽤 넉넉했을 뿐 아니라 지급도
빨랐다. 그래서 아주 바빴는데도 제안에 응했다.

그는 아카이브에 관한 글을 써달라고 했다. 하품이
난다. 모두들 아카이브 타령이다. 그런데 그때는 내가
예일대학교에 자료들을 판 직후였다. 젊은 시인이라면
작가로서 돈을 벌 방법이 세 가지 정도 있다는 걸 안다.
우선 큰 지원금, 그러니까 내가 강연하는 날 다른 작가들이

받는 것 같은 엄청나게 큰 지원금이다. 두 번째는 돈이 좀 있는, 뭐라도 있는 부모가 죽는 경우라는 희박한 가능성이다. 텍사스에 있는 내 집은 저렴하지만 그 집값을 지불한 건 어머니의 죽음이었다.

나는 상당히 나이 든 시인들이 부모가 죽고 나면 임대료 안정 아파트를 떠나 집을 사는 모습을 보았다. 해나 와이너°도 그랬는데, 우리 동네가 떠들썩해진 순간이었다. 그리고 마지막으로 원고를 파는 방법이 있다. 우리는 다들 누가 어느 대학교에 원고를 팔아 얼마를 벌었는지 알고 있고, 시인들은 아카이브에 들어가는 이상한 물건들을 두고 서로를 비웃고는 한다.

앨런도 스탠퍼드대학교에 낡은 운동화 한 켤레를 포함한 잡다한 것들을 넘기고 백만 달러쯤 받았다. 그 돈으로 14번가에 근사한 로프트를 샀다. 그러더니 예전에 두 채를 빌려 한 채는 집으로, 다른 한 채는 집필실로 사용하면서 그토록 오래 살았던, 사는 동안 나머지 우리를

○   언어시인Language poet으로 알려진 미국의 시인이다.

밝혀주기라도 하는 것처럼 같은 건물에 사는 시인들을 늘
빛나게 해주던 12번가의 시인 아파트를 떠나버렸다. 앨런이
로프트를 얻고 나서 영국 시인 톰 건이 스탠퍼드대학교에
운동화를 팔아버린 앨런 긴즈버그를 비웃는 시를
쓰기도 했다. 무슨 운동화만 팔기라도 한 것처럼. 그건
중상모략이다.

다음은 2018년에 내가 스페인 잡지에 보낸 글이다.

나의 비밀

2017년 가을인 지금 나는 예일대학교의 바이네케
희귀본 도서관에 매장되었다. 그 말은, 열 살 때부터
써온 내 모든 노트가 분류와 보관을 거쳐 연구를 하는
몇몇 대중이 열람할 수 있게 되었다는 뜻이다. 이렇게
매장되는 관계로, 나는 올가을 예일대학교에서 낭독회를
하고, 내년 가을에는 "어떻게 쓸 것인가"라는 제목의
강연을 하게 된다. 예일대학교에서 낭독할 때 나는
예일대학교에 있는 "더 스터디"라는 호텔에 묵었다.
운전해서 갔기에 차 키는 발렛 주차요원에게 건넸고

그 뒤로 이틀간 차 키를 보지 못했다. 그날 아침 뉴어크
공항에서부터 운전하느라 무척 지친 터였다. 그 뒤
미국 어딘가 다른 곳에서 낭독을 하는 동안 차는
그 자리에 그대로 두었다. 그리고 나는 다시 차를 몰아
이곳으로 돌아왔다. 그러나 예일대학교에서 했던
이 낭독회는 정기 행사라기보다는 필라델피아
미술관에서 보았던 초상화들처럼 느껴진다. 그러니까
내가 1990년대에 누에바에스파냐의 시인이자 수녀였던
소르 후아나 이네스 델라 크루스를 다룬 희곡을
쓰려고 조사할 때 가보았던, 온도가 서늘하게 유지되는
필라델피아 미술관 지하실에 있던 초상화들 말이다.
이 박물관에는 세상에 알려진 그 수녀의 유일한
초상화가 있었다. 나는 그것을 보고 싶었다. 그러나
그 초상화를 보려면 먼저 흰 옷을 입고 머리 위에
꽃 무더기를 얹은 수많은 젊은 여자들의 초상화를
끄집어내야 했다. 그것들은 수녀원에 입소한 여성들의
결혼 초상화로, 앞으로 그들이 영영 가족을 만날 수
없기에 그려졌을 터였다. 이 여자들은 신과 결혼하거나,
아니면 건물, 즉 수녀원과 결혼했다. 비밀스럽게
자기들끼리 결혼하는 것이기도 했다. 예일대학교에서

하는 낭독회는 어느 정도 그런 기분을 느끼게 했다.
프로젝트 전체가 그렇기도 했다. 내가 예일대학교와
결혼하는 것이거나, 아니면 내 원고들이, 내 글쓰기의
역사가 결혼하는 것일 터였다. 그것은 끝의 시작이었다.
나는 도서관 2층의 굉장히 아름다운 방에서 낭독했다.
바깥에서 빛이 들어왔지만 그렇게 밝지는 않았다.
얇은 돌벽 안에서 생매장당한 기분도 조금 들었다.
다수의 관객이 몰려와 모두 친근하고 기분 좋게
내 매장을 지켜보았다. 아마도 그들 중 대다수는
이 의식 너머에 무엇이 있는지를 진정으로
이해하기보다는 내가 그저 낭독을 하고 있다고
생각했으리라. 나는 내 시 인생 전반에 걸쳐 쓴 시들을
읽었다. 젊은 시절의 시들, 최근에 쓴 시들까지. 불과
몇 년 전 내 시 선집이 나왔기에 옛날 작품을 읽는 일은
익숙했지만, 이번에는 달랐다. 지금의 나는 시체를
꼼꼼히, 완전히 스캔하고 싶어졌다. 사람들은 그것을
좋아했고, 낭독이 끝난 뒤 나는 기록물보관전문가
몇 명, 그리고 존 애시버리 전기를 쓴 카린과 함께
자리를 나누었다. 나는 존을 알았고, 그 역시 존을
알았지만 나와는 다른 방식이었다. 카린은 존을 **알았다**.

전기 작가로 사는 건 지옥 같을 테지만, 내 생각엔 나로 사는 것 역시 절반은 매장되고, 나머지는 여전히 살아서 폴더에 들어가고, 파일로 철해지고, 설치될 자료들을 계속 만드는 연옥이나 마찬가지다. 나는 기록물보관 전문가들이 마음에 들었다. 다들 영리하고 이상했고, 자신들의 전임자가 **정말로** 이상했다고, 호감 가는 방식으로 이상한 이도 있었지만 어떤 사람은 정말로 비열한 데다가 호감 가지 않는 방식으로 이상했다고들 말했다. 그들 말로는 학자들이 아무리 어느 시인의 자료를 많이 읽는다 해도(이 아카이브에 담긴 것은 주로 시인이고, 여긴 시인들의 공동묘지다) 학자들이 정말로 알고 싶은 것은 그 시인이 누구와 섹스했는지, 아니면 무엇과 섹스했는지, 아마도 어떻게 섹스했는지란다. 그런데 솔직히 말하면 내가 노트에 쓰는 일 중 주된 것 중 하나가 바로 그것이다. 나의 섹스, 섹스하고 싶은 나의 욕구, 섹스를 그만하고 싶은 나의 욕구 말이다. 나는 여전히 노트를 쓴다. 내가 글쓰기를 시작하는 방법이 그것이고, 그건 그저 아이러니한 일일 뿐이다. 어린 시절 내 삶에는 공간이 **전혀** 없었다. 그게 내 삶의 트라우마다. 어린 시절 나에게는 해가 잘 드는 예쁜

방이 있었지만 오래지 않아 여동생이 태어나자 나는
복도 건너편 더 크고 어두운 공용 방으로 옮겨가게
됐다. 내 방, 밝은 방은 내가 그 집에 사는 내내 복도
건너편 그 자리에 있었고 이제 그 빛 속에는 내 오빠,
그러니까 남자아이가 있었다. 그에게는 해가 있었다.
그에게는 사생활이 있었다. 그 집에서는 십 년간 아무
일도 일어나지 않았고, 그러다 내게 보험회사에서
제작한 번들거리는 검은색 일기장이 한 권 생겼다.
표지에는 금색 말코손바닥사슴의 머리와 1960이라는
숫자가 박혀 있었다. 그렇게 **내가** 시작되었다. 그것이
내 공간이었다. 오 년쯤 뒤, 나는 난생처음으로 고모의
가족과 함께, 여동생도 오빠도 없이 휴가를 떠났다.
아빠는 이미 죽은 뒤였다. 휴가를 간 사람은 나와
고모 그리고 사촌뿐이었다. 나에게는 나만의 방이
주어졌는데, 그 방에는 좋은 독서용 램프가 없었지만
복도에는 있었기에, 결국 방은 난생처음 벌거벗고 누워
있을 수 있는 곳이 되었고, 복도는 1963이라고 쓰인
그 당시 쓰던 조그만 일기장과 함께 불빛 아래 앉아
있는 곳이 되었다. 그러니 오 년이 아니라 삼 년이
지났을 뿐인 그때, 나는 그 일기장 속에 내 삶을

써넣었다. 아직 섹스를 해보기 전이었지만 그러다 섹스
붐이 찾아오고 나면 그 이야기 역시 그 속에 담기게
될 터였다. 나는 수년간 그런 이야기들을 일기장에
쏟아냈다. 내가 섹스를 했는지, 누구와 섹스했는지
기록물보관 전문가들에게 묻는 사람은 없으리라.

얼마 전 나는 내 작품을 흠모한다는 어느 젊은 작가의
교정쇄를 우편으로 받았는데, 정확히 말하면 그
교정쇄에서 그 사람은 나를 자기의 영웅이라 묘사했다.
그러나 그는 실제로는 작가 카슨 매컬러스를 연구하고
있었다. 교정쇄의 작가는 레즈비언이었고 그는 카슨
매컬러스 역시 레즈비언이었다고 믿었으며, 그렇기에
매컬러스가 실제로 레즈비언이었다는 증거를 찾아
쓴 편지와 심리 치료 녹취록과 매우 많은 부분이
삭제된 회고록의 파편들까지 다 읽었다고 했다. 그건
나에게 전혀 중요하지 않은 일이었다. 나는 너무나
대놓고 레즈비언이라 이제는 스스로를 레즈비언이라고
부르지조차 않는다. 그 대신 퀴어라고, 트랜스라고
말한다. 그런 말을 하기는 하지만 그중 어느 것도
중요하지는 않다. 그저 내게는 섹슈얼한 미스테리라고는
전혀 없다는 것이다. 학자들은 자리에 앉아 쉰일곱 해

동안 쌓인 수백 권이나 되는 작문 노트의 페이지를
넘기면서 내가 1965년부터 섹스를 하기 시작했다고
말할 것이다. 내가 벌써 그것에 대해 쓰기 시작했느냐고.
이쯤에서 궁금한 것이 생겼을 것이다. 아버지는 1961년
사망했고 나는 그 이야기는 일기장에 쓰지 않았다.
아마 언급할 가치가 없다고 생각한 모양이다. 그러나
어느 시점부터는 섹스에 관해 쓰기 시작했을 것이다.
그다음 수년간은 뻔하기 짝이 없었다. 섹스를 하고 있다,
하고 있지 않다. 좋았다, 형편없었다. 헤어졌다, 만나는
사람이 없다. 새로운 사람이 생겼다. 그런 식으로 몇
년이 흘렀다. 이렇게 알기 쉽게 써놓았다면, 그 사람들은
뭘 조사해야 하나. 내 작업? 가장 최근에 사귀었던
여자는 자기에 대해 쓰지 말라고 약속을 받아냈다.
분명 그건 나와 섹스했다고 쓰지 말라는 뜻이리라.
나는 당연히 안 쓰겠다고 말했다. 그다음에는
글쎄, 사실 내가 그 약속을 지킬 수 있는 방법은 단
하나뿐이라고 말했다. 나는 오직 헤어진 뒤에야 전
연인에 대한 글을 쓴다는 농담이었다. 그러니까
영원히 나와 사귄다면 아무런 문제도 없다고. 그러나
그건 사실이 아니다. 나는 늘 그에 대한 글을 썼다.

내 노트에. 그리고 사람들은 예일대학교의 책상에 앉아 그에 대한 이야기를 읽을 것이다. 어쩐지 **그건** 사람들이 **내** 성생활에 대해 알려고 페이지를 넘기고 또 넘기는 것보다 더 편안하게 느껴진다. 그리고 내 슬픔에 대해. 내 야망에 대해. 내 수치심에 대해 알려고. 미래에 내 노트로 누군가를 배신하리라는 생각이, 내가 나 자신을 배신하리라는 한층 더 우울한 생각보다는 마음에 든다. 나는 조금의 공간을, 어느 정도의 사생활을 얻고자 글을 쓰기 시작했지만, 그 결과 무수한 세월에 걸친 내 생각과 욕망과 걱정과 감정을 온 세상더러 읽으라고 대놓고 열어놓게 되었다. 처음으로 들어간 혼자만의 침실에서처럼 벌거벗은 기분이다. 대학교 신분증을 갖고 있거나, 어느 학술지의 구차한 추천서를 가져온 사람이라면 누구나 자리에 앉아 긴 세월에 걸친 내 성생활 이야기를 읽으면서 조금은 흥미로워하고 조금은 역겨워할 수 있게 되었다. 따지고 보면, 그 사람들은 내가 아직 살아 있는 사이에도 그런 일을 할 수 있다. 나는 마지막 몇 년을 비축하며 살아가고 있다. 마치 그저 살아 있고, 여전히 글을 쓰는 것만으로도 비축하고 있는 기분이 든다. **만약** 내가 지금 쓰는 노트가 내 이름이 쓰인 지하실에 들어간다면, 이론상 가장 최근의 여자 친구 역시 그곳에 가서 자기 이야기를 읽을 수 있다. 그러나 그러지 않을 것이다. 그럼에도 더는 예전과 같은 기분이 들지 않는다. 혼자라는 너절한 쾌감은 사라졌다. 비행기에 앉아 흑백의 작문 노트에 글을 쓸 때 옆자리에 탄 승객이 어깨 너머로 내가 쓰는 글을 읽더라도 신경이 쓰이지 않는다. 나는 **이미** 누가 내 글을 읽고 있는 것처럼 글을 쓴다. 그러니 저기 있는 저 얼간이가 못 읽을 이유가 있을까. 아카이브를 다룬 글을 구상하면서, 나는 지금 쓰고 있는 일기장을 바로 여기다 공개하는 건 어떨까 하는 생각을 했다. 내가 죽고 난 미래의 짧은 예고편처럼 말이다. 지난번에 사귀었던 여자 친구이자 가장 최근에 헤어진 여자 친구는 예일대학교가 내 자료를 소장하게 된다는 일을 짜릿하게 받아들였다. 우리의 사랑이 그곳으로 간다는 사실을 마음에 들어 했다. 심지어 내가 아직 내 자료들을 예일대학교에 팔기도 전인데 그토록 흥분했었다. 마치 그가 벌써 미래의 그 지하실에 들어가기라도 한 것처럼, 두 해 전 실제로 나와 함께했던 삶보다, 그 지하실 속의 나와 함께 있는 일이 더 신난다는 것처럼 말이다. 내게는 그에게서

받은, 젊은 엄마이던 그가 아기에게 젖을 먹이는 아름다운 사진이 있었다. 아이가 큼직한 젖꼭지를 빨고 있었다. 흥미롭게도 그 젖꼭지는 작아져서, 내가 그를 만났을 때쯤에는 거의 없는 거나 마찬가지였다. 나는 그 젖꼭지를 만난 적이 없었던 것이다. 그는 내게 그 사진을 주었고, 나는 그 사진을 예일대학교에 주었다. 하, 하고 나는 생각했다. 나는 그들에게 네 젖꼭지를 줄 거야. 내 것이 아니라 그들의, 다른 누군가의 비밀이 더 많아질수록 이 모든 것에 대한 기분이 점점 나아진다. 그럼에도 아직 남은 비밀이 있다. 무엇일까. 나는 단 한 마디도 입 밖에 내지 않겠다.

그래, 조금 의뭉스러워 보이겠으나 거의 끝나간다.

이 글은 결국 스페인어로 (그리고 그 어디서도) 출판되지 못했는데, 그 여자가 개인적으로 힘든 일이 생겨서 더는 내게 연락하지 않았기 때문이다. 나는 언젠가 낭독회에서 이 글을 읽은 적이 있었고, 한동안은 새롭게 느껴지기도 했다.

앞서 언급한 전 연인과 다시 만나 헤어져 있던 기간만큼을 사귀었고, 지금 또다시 헤어지는 중이라는 사실을 어떻게 말하면 좋을까. 나는 너무 오랜 시간 여기에 있다. 나는 긴 여행을 다닌다. 그렇다, 그게 나다. **그 사람들은 글쓰기에 너무 깊이 휘말려 있어서 제대로 된 관계를 유지할 수가 없다.** 끊임없는 쏟아붓기, 쏟아붓기에 대한 걱정, 내가 쓰레기를 쏟아붓는 것일까, 나는 충분히 쏟아내고 싶지 않아. 나는 쏟아붓고자 이곳에 왔고, 나는 여기서 너무 많은 시간을 보내고, 그는 그걸 마음에 들어 하지 않는다. 그는 자신이 있는 곳에 내가 있길 바란다.

집에서 이 글을 쓰는 지금, 그들은 바깥에서 오두막을 짓고 있다. 완공이 가깝다. 공사는 10월에 시작했고, 이 글을 다 쓰고 나면 조금의 돈이 더 생기겠지만 충분하지는 않을 것이다.

나는 언어의 무더기들을 축적하고 있고, 진 그리고 지금 배관공으로 일하는 알프레도는 내 신용카드를 가지고 있고, 나는 매주 그들에게 수표를 써주고, 들어오는 돈은 거의 없고, 온통 나가는 돈뿐이다.

에린과 내가 무엇 때문에 싸우는지는 말하지 않을
것이지만(이미 말했지만) 이 싸움은 내 마음속에서 그
반대로 뒤틀리는 감정을 자아내고 있다. 그에게 말을 걸고,
나 자신을 변호하고, 그러다 약해지고, 그러다 그저 그를
사랑하는 것처럼 말이다.(고아였던 어머니가 고아로 살아가는
법을 가르친 바람에, 나는 누구에게도 속하지 않으므로 나를
변호하지도 못하고 그저 버려질 것이라고 생각한다.) 그러다가
나는 모든 것이 잘 풀리는 상상을 하기 시작하고, 가장
친한 친구들에게(지금은 당신에게) 이 이야기를 하고, 초조한
마음으로 잠자리에 들고, 잠을 설치고, 일찍 잠에서
깨어, 이제는 어쩌지, 하고 생각한다. 에린과 나에게는 할
이야기가 있다.

이른 시간이라 짐과 진이 아직 마당으로 나가지 않았기에,
나는 컴퓨터와 리걸패드(로펌에서 사무용품 관리를 맡던
시절 생긴 버릇이다. 그 부분을 빼먹었는데 상당히 괜찮았다)를
챙겨 부엌 식탁으로 간 뒤 재고 목록을 만든다. 내가
이용하는 은행인 사악한 뱅크오브아메리카 덕분에 수표를
추적하기가 정말 쉽다. 정말 그럴까?

나는 철물점에서 산 물건들을 센다. 무언가를 짓는 데는
정말 큰돈이 든다. 동네 철물점에서 이것저것 끊임없이
사고, 대형 자재는 알파인에서 산다. 구입한 항목을 모두
리걸패드에 쓴 뒤 핸드폰의 조그만 계산기로 합계를
내본다. 와우. 이미 대강 알고는 있었지만, 내가 처음에 **저**
정도는 감당할 만하겠다고 생각한 상상의 숫자를 상당히
초과하는 금액이다.

그다음에 나는 내가 이 세상에서 가진 돈이 얼마인지
생각했다. 그러니까 전부 합한 금액 말이다. 그걸 계산해낸
다음 두 숫자를 한참 바라보았고, 그리 훌륭하진 않지만
괜찮았다. 정말로 난 괜찮다.

두 사람이 도착하자 나는 물건 비용 이야기를 꺼냈고,
둘 다 눈 하나 깜박이지 않았다. 진은 자기가 비용을
전부 기록하고 있다고 생각했고 나는 그 말이 사실일
거라 생각한다. 그다음에는 문득 강인해진 기분이 들어
에린에게 전화했다. 나는 (가슴을 두들기며) 괜찮다고
생각했고, 이상하게도 우리가 대화를 시작하자마자 에린
역시 괜찮아졌다. 에린에게는 계획이 있었고, 늘 그렇듯이

계획이 있었고 나는 그날, 잠깐이지만, 기분이 좋았다.

나중에 사람들과 함께 앉아 있을 때, 예상치 못한 순간 깨달음이 불쑥 찾아왔다. 그것이 내 비밀인 것 같다. 이제는 안다. 상자는 사라졌고, 마침내 나는 그 사실이 아무렇지도 않다.

감사의 말

텍사스에서의 첫 한 달을 마련해준 래넌 재단Lennan
Foundation에 감사드리고 싶다. 이 글을 탁월하고도
교활하게 읽어준 네이트 리펜스와 애덤 피츠제럴드에게
고맙다. 마찬가지로 글을 읽어준, 재치 있고 아름다우며
회복탄력성을 지닌 에린 키멜에게 감사의 말을 전한다.
바이네케 희귀본 도서관, 예일대학교출판부, 《예일 리뷰Yale
Review》의 모든 분, 특히 메건 오로크와 마이클 켈러허
그리고 내게 영감을 준 파트리치오 비나기에게 감사한다.

이 책에는 기존에 출판된 내 작품에서 발췌된 글이
수록되어 있다. 28쪽에 인용된 시의 일부는 《나는 두 번

사는 게 틀림없다I Must Be Living Twice》에 수록된 〈다시
쓰기 없음No Rewriting〉에서 가져온 것다. 49쪽의 인용문은
역시 내 소설《첼시의 소녀들》에서 가져온 것이다. 모두
하퍼콜린스에서 출판된 책이다.

I want a dyke for president. I want a person
with aids for president and I want a fag for
vice president and I want someone with no
health insurance and I want someone who grew
up in a place where the earth is so saturated
with toxic waste that they didn't have a
choice about getting leukemia. I want a
president that had an abortion at sixteen and
I want a candidate who isn't the lesser of two
evils and I want a president who lost their
last lover to aids, who still sees that in
their eyes every time they lay down torest,
who held their lover in their arms and knew
they were dying. I want a president with no
airconditioning, a president who has stood on
line at the clinic, at the dmv, at the welfare
office and has been unemployed and layed off and
sexually harrassed and gaybashed and deported.
I want someone who has spent the night in the
tombs and had a cross burned on their lawn and
survived rape. I want someone who has been in
love and been hurt, who respects sex, who has
made mistakes and learned from them. I want a
Black woman for president. I want someone with
bad teeth and an attitude, someone who has
eaten that nasty hospital food, someone who
crossdresses and has done drugs and, been in
therapy. I want someone who has committed
civil disobedience. And I want to know why this
isn't possible. I want to know why we started
learning somewhere down the line that a president
is always a clown: always a john and never
a hooker. Always a boss and never a worker,
always a liar, always a thief and never caught.

Zoe Leonard
I want a president
1992
Typewritten text on paper
27.9 x 21.6cm

나는 다이크° 대통령을 원한다. 에이즈에 걸린 대통령을, 패그°°
부통령을 원하고, 건강보험이 없는 사람, 유독성 폐기물로 포화된
땅에 살아서 백혈병에 걸릴 수밖에 없었던 사람을 원한다. 나는
열여섯 살에 임신 중단한 경험이 있는 대통령을, 둘 중 차악이
아닌 후보자를, 그리고 전 연인을 에이즈로 잃은, 여전히 누우면
그 사람이 눈앞에 아른거리는, 사랑하는 이가 죽어가는 걸 알면서
품에 안았던 사람을 원한다. 에어컨이 없는 대통령을, 병원에서,
차량관리국에서, 복지부에서 긴 줄을 서본 대통령을, 실업과
해고와 성추행과 동성애 혐오와 추방을 경험해본 대통령을 원한다.
무덤가에서 밤을 지새워본 사람을, 자기 집 잔디 위에서 불타는
십자가를°°° 본 사람을, 강간 생존자인 사람을 원한다. 사랑에
빠졌다가 상처 입어본 사람, 섹스를 존중하는 사람, 실수하고
그 실수로부터 배운 경험이 있는 사람을 원한다. 나는 흑인 여성
대통령을 원한다. 충치가 있고 태도가 불량한°°°° 사람, 역겨운
병원 밥을 먹어본 사람, 다른 성性의 복장을 하고, 약물을 사용하고
치료받은 경험이 있는 사람을 원한다. 시민 불복종을 실천해본
사람을 원한다. 그리고 나는 어째서 이것이 불가능한 일인지 알고
싶다. 어째서 우리는 항상 어느 시점에 이르면 대통령이 광대라는
걸 깨닫게 되는지 알고 싶다. 어째서 대통령은 창녀가 아니라 항상
존°°°°°인지, 노동자가 아니라 항상 간부인지, 항상 거짓말쟁이인지,
항상 도둑질을 하고 영영 처벌받지 않는 자인지.

→   이 글은 아일린 마일스의 미국 대선 출마에 대한 응답으로 조이 레너드가
     쓴 〈나는 이런 대통령을 원한다〉(1992)를 번역한 것이다.

○　　　여성 동성애자를 가리키는 속어로, 종종
　　　　비하적인 표현으로 쓰인다.

∞　　　남성 동성애자를 가리키는 속어로, 극도로
　　　　모욕적이고 공격적인 표현이다.

∞∞　　흑인에 대한 테러 조직인 큐클럭스클랜이
　　　　행하던 대표적인 혐오 의식이다.

∞∞∞　원문은 attitude다. 여기서는 공격적이고
　　　　비열한 성격을 뜻하며 이는 주로 여성, 특히
　　　　흑인 여성에 가해지는 대표적인 편견이다.

∞∞∞∞ 성구매자 남성을 통칭하는 속어다.

지금 이곳에 있는 사람만의
지금 이 순간의 감각

이 글을 쓰기 위해 아일린 마일스에 대해 생각하는
동안 2022년《뉴욕타임스》에 실린 그의 사진을 여러 번
들여다보았다. 그가 뉴욕 이스트리버파크 공원의 파괴에
맞서 시위하다 체포된 뒤 풀려난 다음 날의 기사에 실린
사진이다. 침수 방지 시설 건립을 위해 공원을 없앤다는
뉴욕시 당국의 도시계획에 맞선 여러 활동가 중 마일스가
있었다. 공원은 오랫동안 뉴욕 저소득자의 여가를 위한
공간이었고 마일스에게는 매일 의식처럼 달리기하던
공간이자 글을 쓰는 작업실, 무엇보다도 그가 가장
좋아하는 나무들이 있는 곳이었다. 사진 속에서 시인은
나무를 안은 채 눈을 감고 있다. 나무를 끌어안아본

사람은 나무의 주름진 살갗이 꺼끌꺼끌한 동시에
부드럽다는 사실을 안다. 나무를 안는다는 것은 나무와
일시적으로 결합하는 일이다. 사람과 나무가 마주 닿을 때
접촉면은 누그러지고 용해되며 우리의 일부는 섞인다. 같은
기사에 실린 또 다른 사진 속에서 시인은 확성기를 입가에
대고 있다. 그 모든 것이 지금 이곳에 있는 사람만이 할 수
있는 것이다. 지금 이 공원에서, 지금 이 나무를 끌어안고,
지금 이 말을 하는 사람만이 가질 수 있는 지금 이 순간의
감각을 본다.

내가 아일린 마일스의 인스타그램—역시 지금 이곳에 있는
사람만이 사용할 수 있는 소셜미디어—을 팔로우하기
시작한 것은 그가 나무를 끌어안은 것과 비슷한
시점이었다. 70대의 뉴욕 시인이 인스타그램을 사용할
것이라고는 예상치 못했었다. 앨런 긴즈버그(1926~1997)와
동시대에 활동했던 이가 여전히 살아 있을 뿐 아니라
나보다 이백 배쯤 많은 인스타그램 팔로어를 두고 있다는
사실은 뜻밖이지만, 마일스야말로 인스타그램과 가장
어울리는 시인이기도 하다. 나는 그의 인스타그램에서
그가 본 것들을 보았다. 벌목을 맞이할 오래된 나무들의

숫자, 안락사되기 전 구조를 기다리는 개들의 얼굴과 그 이름들, 냅킨이나 노트패드에 손 글씨로 쓴 시위와 낭독회 일정, 구호들, 거리의 쓰레기통, 낮과 밤 사이의 푸르스름한 어둠이 서서히 짙어지는 과정을 담은 사진 여러 장. 그건 마치 심드렁한 사람이 아무 곳에나 무작위로 카메라를 들이댄 것처럼 보이지만 동시에 시처럼 보인다. 삶처럼 보인다. 모든 시는 애초부터, 언제나 '발견한 시'라고 주장하는 그의 시론을 확장하고 강화하는 것처럼 보이기도 하고, 그가 지속하는 정치적 행동주의에 담긴 긴박한 현재성을 포착한 것 같기도 하다.

아일린 마일스는 1949년 보스턴의 노동계급 가정에서 태어나 스물네 살에 시인이 되고자 뉴욕으로 갔다. 그리고 그곳에서 시인이 되었다. 젊고 가난한 시인이 잡다하고 어중간한 일들을 하면서 뉴욕의 살림 비용을 댈 수 있던 시절이다. 또, 시인이 된다는 것이 야망이자 중요한 지위였으며 (《첼시의 소녀들》 등장인물 "아일린 마일스°"는 자신을 체포하려는 경찰에게 '나는 시인이니 체포당할 수 없다'고 선언하며 시를 읊었다) 뉴욕이라는 도시가 야심 찬 젊은 예술가의 낭만에 값할 수 있는 때였던 모양이다.

마일스는 곧바로 존 애시버리와 프랭크 오하라로 대표되는 뉴욕파 시인들을 만났고, 뉴욕파 시에 레즈비언 소재를 가져오겠다는 결심을 품었으며, 그 결심대로 했다. 문예적 공간으로서의 커피하우스/살롱 문화를 이어받은 포에트리 프로젝트Poetry Project$^\infty$를 통해 시인으로 활동하기 시작했고, 지금까지도 여전히 시인이다.

그러나 그를 소개하기 위해 전기적인 사실들이 반복적으로 언급되는 데에 그 누구보다 치를 떠는 것이 마일스 자신이다. "내가 살아온 내력을 읊으며 지루하게 만들 생각은 없다."(86쪽) 2015년 출간한, 초기 시들과

○ 아일린 마일스가 발표한 《첼시의 소녀들》과 《인페르노》에는 시인과 같은 이름, 유사한 삶의 경험을 가진 "아일린 마일스"가 등장하지만 마일스는 이 책들을 자서전 혹은 회고록이 아닌 장편소설로 분류한다. 대조적으로, 세상을 떠난 그의 반려견 로지가 퍼펫과 나누는 가상의 대화를 담은 《애프터글로우》는 소설이 아닌 '개의 회고록'으로 분류한다.

∞ 뉴욕 이스트빌리지의 세인트마크교회에서 1966년 시작한 포에트리 프로젝트는 뉴욕파 2세대로 불리던 시인들이 실험적인 작품을 발표하며 교류하던 장소이며, 아일린 마일스는 1984년에서 1986까지 이 프로젝트의 예술감독을 맡기도 했다.

새로운 시들이 함께 수록된 선집《나는 두 번 사는
게 틀림없다》의 제목에 담긴 아이러니처럼, 그의 삶은
때로 두 번 사는 사람의 것처럼, 전기보다는 전설처럼
보일 때가 있다. 그러나 나는 그를 문학에 삶을 지극히,
기꺼이 낭비한, 전설적인 레즈비언/트랜스 '록스타'로서
우러러보는 만큼, 지금 이 자리에 살아서, 눈앞에 있는 것을
베껴 쓰는 사람으로서 좋아한다.

옮긴이의 말을 마무리하는 2025년 1월 15일 아침에는
우리나라의 현직 대통령이 체포되었다. 이해할 수 없게끔
버티고 버티다가 체포되는 대통령의 모습과 내가 당신들의
대통령이 되겠다고 선언한 시인, 나무를 끌어안다가
체포되는 것에 개의치 않던 시인의 모습이 겹칠 때 느낀
감정을 어떻게 이 글에 담을 수 있을까.

할 수 있는 말은, 나 역시 레즈비언 대통령을 원한다는
것이다. 나는 치료받지 못한 잇몸에서 피를 흘리는
대통령을, 퇴거당해본 대통령을, 집이 없다는 것이
한 사람의 생에 얼마나 엄청난 위기인지 아는 대통령을
원한다. 학살과 폭력을 무관심으로 용인하지 않는

대통령을 원한다. 눈앞의 일들을 베껴 쓰는 일을 다른 중대한 과제의 뒤로 미루지 않는 사람을, 아름답고 정돈된 것이 아니라 무더기로 쌓인 쓰레기를 베끼는 사람을 원한다. 그 사람 곁에서 나무를 끌어안고 있다가 같이 끌려 나가기를 원한다.

이 책은 애초 연설문으로 쓰였고, 그렇기에 독자에게 직접 말을 거는 것으로 읽히는 언어들, 현재적 발화의 특성을 살린 채움말들fillers, 장황하게 이어지는 문장들이 있었다. 이런 잉여들은 글에 꺼끌꺼끌한 질감을 준다. 가능한 한 그 질감을 선명하게 전하고 싶었지만 어느 정도는 번역이라는 과정에서 필연적으로 일어나는 손실 때문에, 또 어느 정도는 한국어 책으로서 잘 읽히도록 하기 위해 다듬기로 선택한 부분들이 많다. 이 또한 베끼기의 한 방식이라 이해해주셨으면 좋겠다. 이런 고민을 공유하고, 함께 그의 말을 여러 번 읽고 베낀 기록을 책으로 만들어주신 디플롯 유승재, 김진형 선생님께 감사드린다.

그 세계가 좀 보잘것없이 어수선하고 불결하도록,
그래서 사람들이 건물 안에 들어가듯 진입할 수

있도록 말이다. 이 건물은 공공건물이다. 작품을
끝내는 순간 여기 온 사람들의 것이니까. 내가 가장
먼저 그 속으로 사라지겠지만 그 뒤에는 그들도
마찬가지일 것이다.(131쪽)

못내 좋아하는 시인을 한국 독자들에게 소개하게 되어
무척 설렌다. 이 책이 마일스라는 어수선한 건물로 들어갈
수 있는 구멍 중 하나이기를 바란다. 그의 말을 만나며
자연스레 닿고, 섞였으면 좋겠다. 독자가 그 집의 거실과
침실과 마룻바닥을 느릿느릿 탐색하며 한동안 지닐 수
있었으면 좋겠다.

2025년 1월
옮긴이 송섬별

옮긴이 송섬별

다른 사람을 더 잘 이해하고 싶어서 읽고 쓰고 번역한다.
여성, 성소수자, 노인, 청소년이 등장하는 책을 좋아한다.
고양이 몰루, 올리버와 함께 용감하고 다정하게 살고 싶다.
옮긴 책으로는 《자미》《페이지보이》《내 어둠은 지상에서
내 작품이 되었다》《모든 아름다움은 이미 때 묻은 것》
《괴물을 기다리는 사이》 등이 있다.

낭비와 베끼기

1판 1쇄 찍음 2025년 1월 17일
1판 1쇄 펴냄 2025년 2월 17일

지은이   아일린 마일스
옮긴이   송섬별
펴낸이   김정호

주간   김진형
책임편집   유승재
디자인   박연미

펴낸곳   디플롯
출판등록   2021년 2월 19일(제2021-000020호)
주소   10881 경기도 파주시 회동길 445-3 2층
전화   031-955-9505(편집) · 031-955-9514(주문)
팩스   031-955-9519
이메일   dplot@acanet.co.kr
페이스북   facebook.com/dplotpress
인스타그램   instagram.com/dplotpress

ISBN   979-11-93591-31-4 03840